I0755959

# dietro al sipario

di
marco pesciaioli

un ringraziamento particolare a
Lucia Silvestri
(senza il suo aiuto sarebbe stato impossibile pubblicare)

libro auto pubblicato tramite la piattaforma lulu.com

revisione a cura di lucia silvestri

pubblicato dicembre 2025

ISBN 979-12-243-0304-6

A tutti i miei amori
che mi hanno aiutato a vivere

Tutto finirà, ma i solchi scavati lungo il cammino rimarranno in eternità. Chi seguirà, se vorrà, potrà seguitare il lavoro ereditato per raccoglierne i frutti.

“io sono io e voi siete tutti”
Fëdor Dostoevskij

A Horst F.

Le parole fanno vedere

prima o poi ci sarà il riscatto degli ultimi

a Antonio M.
a Bruno F.

## Introduzione (auto)

Dopo giornate passate a discutere con i miei amici filosofi greci, sono giunto alla decisione sofferta del titolo. Lunga discussione tra "dietro il sipario" e "dietro al sipario", non è stata una decisione semplice, ma alla fine ho scelto. Quando ero dietro al sipario, felice di lavorare, felice di sapere che davanti c'erano centinaia di persone in attesa del godere di uno spettacolo, dove, pure io davo un piccolo contributo, mentre si definivano gli ultimi dettagli usavo sempre dire dietro al… quindi ho scelto non curante dell'etica grammaticale anche se merita tutto il rispetto assoluto, ma alcune declinazioni e licenze "poetiche" devono essere onorate senza paura. Ho scritto questo testo dopo un'indecisione durata una decina di anni, avevo iniziato un altro testo (che ora mi prometto di finire), anche se spero di scrivere subito un altro romanzo basato solo sulla totale fantasia distopica, che mi differenzia, speriamo. Questo lavoro ha sorpreso innanzitutto me, non credevo di riuscire a terminarlo vista la mia amata e incurabile incostanza. La maturità e il fine vita sono state di aiuto, dal momento che nella media mondiale la mia aspettativa esistente non si spingerà più in là di dieci anni (un chiuder d'occhio, pensandoci bene e ad essere ottimisti). È stata durissima, ho preso di petto il problema, ho convissuto con questo testo tutti i giorni, tolte piccole pause caratterizzate da un marcato rimorso, nei giorni senza creatività la fatica è stata pesantissima, in altri volavo mentre scrivevo, rileggendolo spesso ho pianto, altre volte provavo vergogna di quello che avevo prodotto. Ma ogni giorno sono riuscito a prendere coraggio, alzandomi al mattino con l'ossessione di scrivere, andando a dormire con soddisfazione. All'inizio ho interpellato una ragazza per chiedere un aiuto sull'elaborazione e correzione del testo, ma è stato un tentativo inutile. Ho sbagliato a rivolgermi all'interno della provincia italiana più remota, eternamente svogliata e pigra, refrattaria a tutto ciò che può sembrare diverso o di semplice rottura. Una provincia che si sta decomponendo dietro a un invecchiamento diffuso senza via d'uscita. Il protagonista, a dispetto di qualcuno, è completamente inventato o quasi, certo gli metto in bocca cose che io stesso vorrei gridare al mondo, ecco qui l'utilità di scrivere un libro. Una piccola testimonianza post-mortem a cui tenevo molto, sperando che non finisca qui. Ma è chiaro nessuno potrebbe mai scrivere senza aver vissuto, nessuno potrebbe descrivere senza aver sognato. Alcuni, se riusciranno ad arrivare alla fine, rideranno, altri saranno imparzialmente distruttivi, verso un tentativo che mira solo a distribuire un milionesimo di quello che ho ricevuto dagli scritti delle menti migliori del mondo. Ho sempre avuto la velleità di scrivere, da piccolo alle elementari per poi seguitare alle classi superiori, scrivevo in continuazione, nel mio piccolo cosmo circonstante meravigliavo con testi assurdi, dove descrivevo frammenti marziani, aiutati molto dalle droghe dell'epoca. Alcuni titoli dei miei lontani ricordi erano tipo "differenze sostanziali tra un orologio a pendolo e una pallina di ping-pong" oppure "fantasia al potere" dove descrivevo (L.V. Beethoven mentre aveva un rapporto orale con Jim Hendrix dietro al palco di Woodstock), e molti altri. Il protagonista di questo racconto non ha un nome, non ha tempo, è tutto, tutti e nessuno, è semplicemente un uomo, o quello che ne rimane. Soffre, rigurgita continuamente malori e malesseri, spara piccole sentenze, osserva con occhio acuto (o almeno ci prova) i momenti dello spettacolo che gli passano difronte durante la giornata paragonando il tutto come una ripetuta rappresentazione, dove è contemporaneamente autore, spettatore, attore, tecnico. Non esiste un tempo preciso, la storia è volutamente atemporale, si svolge in una Roma dilaniata ma sempre affascinante e Milano, che è stata la guida intellettuale ed economica delle migliori espressioni politiche del secolo scorso. Due città fondamentali nel percorso della mia vita, la prima come vero riferimento sulla mia esistenza, metropoli vissuta per lungo tempo, la seconda eretta da me ad esempio di tonicità cerebrale senza eguali, la storia approfondita lo dimostra, Milano è anche una città dove ho lavorato tantissimo, conoscendola nei suoi aspetti più profondi, città con un fascino intramontabile a prima vista, ma sublime all'interno del suo tessuto. Mentre scrivevo ho sofferto moltissimo, ho ascoltato musica, mi sono misurato con un compito sconosciuto, cercando di interpretare i miei pensieri, le mie sfacciate fantasie, renderle fruibili agli altri. Ecco perché ho amato questo racconto, mi sono anche depresso quando le pagine non uscivano fuori, mi sono ossessionato nel vederlo crescere, un viaggio bellissimo che ringrazierò per sempre chi mi ha permesso di farlo, un grazie profondo a tutti i grandi scrittori che ho amato. Molti rimarranno delusi e fregati (spero), altri soddisfatti e entusiasti, ed è esattamente quello che voglio. Un'uniformità di pareri sarebbe sconveniente e andrebbe a diminuire l'impegno della mia intenzione reale, l'analisi di parte senza mezzi termini in questo momento mira a ritrovare il giusto e sacrosanto dissenso sotto scacco dai continui tentativi che cercano di castrarlo e ridurlo a mero lieve disturbo. Il sogno descritto al suo interno cerca di essere la magia nell'unione civile tra il cinema e il teatro, non esiste arte che ha influenzato di più il mio pensiero come il cinema, il teatro ha scolpito in me la vita nei suoi aspetti più faticosi ma dignitosi, con l'amore della rappresentazione eterna, qui volutamente ripetuta e citata. Forse non venderò una copia, forse quarantamila, ma non ha nessuna importanza la quantità e l'eventuale ricavo, ringrazio tutti anticipatamente, ma da questa esperienza uscirò ricchissimo, alla faccia dei poveri "normali" con le loro macchine lussuose, e le loro proprietà, non esiste ricchezza più grande di un uomo che combatte la propria ignoranza. Sento che sarà comunque un successo, lo percepisco quando lo rileggo e piango, o rido immaginandomi i momenti reali vissuti insieme al "dannato vagabondo", quando rivedo le strade percorse, il mio umile tentativo di raccontare, per me rimarrà un momento celebrativo della mia vita. Continuerò a pensare che leggere è non morire, che il sogno rappresenti il miglior modo per rimanere svegli, l'assenza dei nomi è virtuoso, prende spunto dalla frase di Dostoevskij da "memorie del sottosuolo": Io sono solo e loro sono tutti.

Una frase che trovo senza spazio né tempo, comprende tutto e nulla, l'intera umanità e nessuno. Il migliore augurio è che riusciate a leggermi fino alla fine, anche se fossero solo due pagine, grazie per me sarebbe un successo enorme.

Allora buon viaggio, quindi che il sipario si apra!

# PRIMO TEMPO

## ’86

Appena uscito dall’ascensore, quinto piano di un palazzo nello storico quartiere di Prati, avevo ancora un piano di scale. Eccomi davanti al portoncino di casa, apro e sento squillare il telefono. Erano le 20, dopo essere uscito dal teatro in Largo Argentina, ho impiegato circa un’ora per trovare parcheggio. La sera era padrona. Corro nel lungo corridoio e rispondo. Era Francesco un mio amico, con cui avevo condiviso le belligeranze giovanili terminate da poco:
«devo darti una brutta notizia, è successo una brutta storia, è morto Ivano, ha avuto in infarto»
Ivano era un mio amico e lavorava con me da un paio d’anni, doveva raggiungerci a Roma per poi andare insieme in un allestimento a Massa per uno spettacolo, produzione del Comune di Roma. Di solito quando lavoravamo a Roma dormiva a casa mia, una casa grande, ero in affitto, avevo fatto dei lavori a fondo perduto, ma lasciamo stare. Uno di quegli appartamenti rubati alle “fontane”, site nelle terrazze panoramiche dei palazzi fine ‘800. Rimasi folgorato dall’assurdità della notizia. Ecco la vita che comincia ad avvertirti, a farti capire che non vali nulla, sei tutto e sei niente! Non ho neanche risposto e mi sono seduto, ho visto davanti a me Ivano in alcuni momenti fantastici vissuti insieme. Non volevo crederci e sono

stato un bel po'di tempo assente dalla realtà. Appena ripreso sono sceso, sotto casa mia c'era la miglior gastronomia d'asporto di Roma. Ho comprato da bere senza conteggiare, per poi ritirami a casa di nuovo. Bevuto velocemente per mistificare e distruggere ogni pensiero. Non voglio descrivere di più, la cosa mi devastava, paradossalmente ero cresciuto e invecchiato in un attimo. In quel periodo avevo avuto un forte successo sul lavoro, benché giovane, ero già responsabile di settore in uno dei teatri più importanti del paese. Ero stimato, lavoravo molto ed ero molto richiesto, pagato benissimo. La mattina seguente in teatro ci fu lo sconcerto di tutti, Ivano era uno di noi, una persona malleabile e socievole. Amarezza e ricordi anche di chi magari era indifferente. Incontrai Pino, il primo attore, fu molto affettuoso, cordiale e amareggiato. Alcuni giorni dopo partimmo per Massa e una settimana dopo ci fu il debutto. La sera prima dell'inizio Pino mi chiamò in camerino:
«ti devo parlare, io sono molto scaramantico, sono un teatrante e vivo molto attentamente la superstizione, da stasera in ricordo di Ivano, dopo il "chi è di scena" voglio fare avanti indietro a sipario chiuso con te mentre ci raccontiamo una cosa vivace, qualcosa che ci regali un futuro con tanta fantasia»
E così avvenne. Alla fine della passeggiata rituale ci venne da piangere, terminò con un abbraccio forte e la forza per iniziare lo spettacolo. Lo spettacolo che scaccia tutto anche i malanni più forti, i pensieri più oscuri e le angosce più appiccicose. Da allora questa

scaramanzia è stata fatta da me con tutti i più grandi e importanti attori degli anni '80 e '90. Ogni sera prima dell'apertura nei vari spettacoli in cui ho lavorato ho mantenuto la scaramanzia, "dietro al sipario". Il sipario o cortina, crea una barriera misteriosa tra te e chi poi dovrà godere o giudicare il tuo operato. È una sensazione unica, bellissima, dove ti senti utile, sentivo sempre un'emozione quando ero dietro, come se avessi avuto un potere speciale, lo avvertivo da tecnico, immaginate un attore cosa potesse provare. Ho sempre considerato il mestiere dell'attore il più bello del mondo, sempre bonariamente invidiato da me. Dietro senti un'emozione concreta che ti avvolge e ti carica, senti il vocio della gente, la sala come un'unica entità che parla ad alta voce e immagina il dopo, un dopo che tu conosci. È questo il grande vantaggio di essere "dietro". Nei decenni ho raccolto centinaia di scritti vari, parole scambiate e volanti, con i diversi attori in questa passeggiatina dietro alla magica cortina, ma forse le racconteremo in un'altra occasione. È importante capire il valore del sipario nel teatro, il suo utilizzo risale a molto dopo il teatro greco, il teatro padre di ogni forma di spettacolo seguente. Il sipario è una forma di cecità apparente e momentanea, vuol rappresentare, in una delle tante spiegazioni, il rosso come il primo colore che sparisce quando diventa buio, è una cecità indotta, voluta, che quando sparisce in pochissimo tempo, sconfina con la magia, apparizioni magiche e improvvise. Ora la cecità dell'uomo è persistente, è come se il sipario fosse bloccato, vera tragedia per i teatranti. Quando il sipario si rompe nel palcoscenico piomba il terrore, la paura e l'angoscia. Forse questo racconto potrebbe finire qui, non intendo andare avanti nel descrivere i bellissimi momenti passati "dietro", passeggiando insieme ai grandi artisti con cui ho lavorato, prima dell'apertura iniziale. Ma non è così il racconto vero e proprio inizia ora!!!

## all'angolo di via Merulana

Oramai da tempo mi ero alloggiato lì, all'angolo tra Via Carlo Alberto e Via Merulana, specialmente d'inverno. C'erano delle grate da dove usciva aria calda e il posto era buono per chiedere soldi. Trent'anni dopo la scomparsa d'Ivano ero finito male, ero diventato un barbone, un clochard, per Gandhi ero un "untouchable". La vita mi aveva reso indietro tutto. Dopo aver fatto una carriera straordinaria in teatro, ho aperto società a seguire, sbagliando operazioni e soci, assalito da pseudo familiari, amori sbagliati con donne assurde, scelte da me però, avevo sbagliato tutto ed ero finito male. Poi quando sei in "benessere" tutti ti circondano, al contrario ti abbandonano. Niente male, in fondo ero tornato da dove ero venuto. Nato in una famiglia poverissima e sbagliata, appena ho potuto, mi sono dileguato e reso autonomo. Capace nel lavorare e aiutato da un fisico resistente, ho guadagnato e conquistato subito un'autonomia, poi la gestione del denaro, si sa non è cosa facile, in realtà è stato sempre disprezzato da me, è come se avessi voluto non corrompere la mia anima onesta e coerente, il denaro lo vedevo come elemento di corruzione e quindi dopo gli sperperi degli anni novanta e duemila, mi ero ammalato, avevo perso smalto sul lavoro, alcool e cocaina hanno fatto il resto. Appesantito, ero scappato dalla società e ho cominciato a vivere per strada, mangiando quando

capitava, alcune volte andavo a Colle Oppio, ma ora ho cambiato zona è distante, anche se rimane una delle mense migliori di Roma. Mi lavavo poco forse era l'unica cosa che mi pesava veramente, essendo stato un uomo molto igienico, dormivo dove capitava, avevo oramai imparato a vivere per strada, in fondo non era male, libertà totale senza nessun vincolo, a parte il freddo, quando c'era.
Il sipario lo comandavo più di prima, lo aprivo e chiudevo quando volevo, godevo dello spettacolo di un'umanità in affanno, ipocrita e ignorante. Si erano invertiti i ruoli, non stavo più dietro ma davanti, vivevo però uno strano ruolo, ero al posto del pubblico ma il pubblico non ero io, era la gente che mi sfilava davanti tutto il giorno. Quindi in effetti a differenza di prima, avevo cambiato posto ma ero sempre "dietro *al sipario*".

*la skuola*

A marzo, Roma colleziona delle belle giornate, anche se la mattina fa un po' fresco. Avevo passato la notte in un androne a Piazza Vittorio, di solito dormo sotto a un tunnel, cartoni nuovi quindi soffici, poi al mattino mi sono spostato al solito angolo, stavo mangiando un buondì rimediato osservando i bambini che andavano scuola. Di solito accompagnati dai loro familiari abbastanza disordinati, la mente fa un balzo indietro ai ricordi della mia infanzia.
La mia scuola era anche fascinosa, erano gli anni sessanta, con tutto quel bagaglio classista e pregiudiziale di quegli anni, la religione era sempre dominante. La mia era una scuola di una certa bellezza con grandi finestroni, non ricavata da edifici precedenti, faceva parte di un'edilizia razionalista, forse costruita nello squallido ventennio che ci aveva caratterizzato precedentemente, grandi vetrate e finestre.

La luce del “duce “! Ahhahha!
Scuola, comunque bella e maestosa con maestre antiche pronte a picchiare al primo errore. Le odio ancora dopo anni dalla loro morte, che i vermi mi siano d’aiuto nel giusto rancore.
Quando sei piccolo, hai bisogno di comprensione e anche di affetto. Nel primo periodo della mia vita, dopo essere venuto in questo mondo incolpevolmente, c’erano ancora le ceneri della seconda guerra. La povertà non riusciva ad allontanarsi dalla mia casa, purtroppo non è stato facile, la scuola invece di aiutarti a sconfiggere le amarezze infantili le aumentava. A scuola c’era una disparità di trattamento tra i figli dei ricchi e figli del nulla come me, chiaramente ero stato sistemato negli ultimi banchi. Già nelle prime classi mi ero distinto per l’abilità nello scrivere e nel raccontare. Esisteva un giornalino della scuola e ogni tanto inserivano qualche mio tema, ma la maestra quando annunciava l’inserimento non era cosi sciolta.
Ora sono seduto su questo cartone, accanto alla grata e osservo questi bambini come sono vestiti e ricordo gli anni grigi della mia infanzia, dove nel seguito della mia esistenza ho cercato continuamente di distruggerne i ricordi. I bambini ora sono più sereni, in qualche modo le guerre sono tante nel mondo, ma lontane da Roma.
La mia generazione, nata nella fine degli anni ’50, era cresciuta da gente che la guerra l’aveva addosso, madri che avevano sofferto le pene dell’inferno, la fame e il

dolore delle morti accanto. Gli uomini, molti avevano vissuto la prigionia, alcuni l'avevano sfangata, ma la seconda guerra mondiale aveva lasciato cicatrici mai guarite, tutto si rifletteva nel sociale, nell'educare i bambini con i mezzi che offriva la scuola in quegli anni, ebbe un ruolo fondamentale ma negativo, non riuscì a far staccare dalla nostra pelle le croste delle ferite ereditate dei nostri genitori. Allora tutto si rifletteva sulle debolezze di ogni bambino che viveva in maniera sofferta la propria situazione disagiata, tipo me, guardavo e invidiavo le piccole ma reali piacevolezze dei coetanei più agiati. L'angoscia e i malesseri che provi a quell'età, te li porti dietro per tutto il resto della vita, ti condizioneranno sulle scelte, anche quelle giuste, ti daranno debolezza e forza nei momenti più duri, ti creeranno un bagaglio coraggioso che sarà sempre dentro la tua testa, come se il mondo dovesse sempre cedere e inginocchiarsi davanti al tuo cospetto. Ora sono qui, seduto accanto al mio carrellino da spesa che una vecchia mi aveva regalato all'uscita del mercato Esquilino, dove spesso mi metto per mangiare qualcosa. Dentro il carrellino c'è tutta la mia vita, e osservo la piccola umanità che mi scorre davanti, mi sento coraggioso, forse ora più di prima. Dentro c'è un po' di tutto, pure una penna, anche se ho perso l'abitudine di scrivere, però ogni tanto la tiro fuori e la guardo. Certo nulla a che vedere di quando collezionavo stilografiche e biro particolari. Passa un bambino con il suo zainetto, nuovo, è alla moda obbligata e di marca.

Ricordo la mia cartellaccia, sempre rimediata rattoppata da mia madre, faceva quello che poteva, anche se lei era colpevole per la situazione della nostra disgraziata famiglia. La cosa più terribile era l'astuccio delle matite e dei colori. Mi faceva schifo perché mi era stato dato usato già da qualcuno e aveva perso quel profumo di matita, di grafite, che spesso annusavo senza farmi vedere, negli astucci degli altri bambini benestanti.
Il profumo delle matite m'inebriava e mi faceva volare, sognare, non so perché mi rilassava, adoravo gustarlo fino al profondo del respiro. Immagino l'astuccio di questo bambino che sta passando davanti, mi guarda con un'aria mista tra lo schifo e la curiosità, e mi ritorna in testa quella volta che nei periodi d'oro e facoltosi in una vecchia cartolibreria, trovai diversi astucci vecchi, mai usati, bene impilati, in attesa di cambiare proprietario. Erano una decina e li comprai tutti, ogni tanto negli anni, li aprivo e annusavo, godendo.
La rivincita del profumo ben conservato.
La scuola non ha svolto quasi mai il ruolo per cui è stata chiamata a operare, in quei maledetti anni tra il dopoguerra e la fine anni settanta, ha creato nella fase primaria, con ancora lo stampo residuale del periodo fascista, bambini mutilati dalla felicità, doverosa per ogni essere umano venuto al mondo. Non aveva il diritto di giudicare bambini senza colpe, conservare valori conservatori, che stonavano con la ricrescita postguerra, questo respiravo appena varcato l'austero

portone scolastico. Forse oggi è diverso, ma sono qui e sento le grida di alcuni piccoli esseri che lamentandosi fanno richieste alle madri in parata, inconsapevoli di chi li sta osservando, un relitto e rifiuto umano che però crede in tutte le colpevolezze possibili dello stato attraverso una delle sue armi più forti: la scuola.
Questa ottusità ha creato nuovi giovani, che in seguito porteranno per sempre dentro il rancore e la rabbia. I risultati si sono visti in seguito. Comunque rimarrà per sempre in me il dispiacere di non aver terminato gli studi, ero portato per lo studio, la costanza non è mai stata una mia amica, mi ha fregato spesso, poi il rancore e la rabbia di cui sopra, hanno fatto il resto. In seguito riuscii a far studiare almeno un figlio, con risultati pessimi, altra storia, altra situazione e altro fallimento. Sono qui in piazza S. Maria Maggiore, forse sono più felice di prima. Ci vuole coraggio ad essere un barbone, una specie di uomo che sta aspettando la fine nel modo più misero, per strada, senza più vincoli, ne leggi, la dignità suprema e la sincerità espressa senza nessun riparo di fronte alla luce del sole, sono un misero pezzente, ma ricchissimo.
Vedere il correre scolastico di questa mattina mi aiuta a ripensare a miei passaggi vitali. Arrivò per me il tempo delle medie, si cambiò scuola, passando alla categoria superiore. Il primo giorno fu molto emozionante, avevo come l'impressione di essere un altro, nelle scuole elementari sei bambino dalla prima

alla quinta, nelle scuole medie, all'improvviso sei un ragazzetto. Coetanei che fumavano prima di entrare, quelli più grandi che ti trattavano male e facevano i boss con le ragazzine. L'impatto emotivo migliorò dall'uscita della quinta elementare, ma non di molto. Mi portavo dietro un sacco posto sulle spalle, che pesava enormemente, un sacco pieno zeppo d'insicurezza, timore, timidezza, incertezza e paura.
In quei momenti l'adolescenza era spietata, oggi qui mi sento sicuro in mezzo alla strada, senza fissa dimora, ma con una casa enorme senza il tetto, senza affetti, solo con amori veri anche se rarissimi, istantanei e velocissimi, riesco ad ammirare la bellezza, mentre prima non riuscivo a intercettare le verità umane.
Passandomi sotto il naso i bambini profumano, certo io non credo di fare altrettanto, mi lavo molto di rado e la mia igiene è pessima, ma anche qui noto una differenza, il mio essere è sincero, schietto, la sporcizia che molti uomini e donne si portano dietro è molto spesso ben nascosta. Non mi vergogno più di questo, I bambini sfilano davanti ai miei occhi, loro hanno un odore che si mescola con il profumo del futuro e della speranza che noi vecchi non abbiamo più.
Nelle medie mi comportai abbastanza bene, sempre bravo in italiano e anche in disegno, ma in realtà ero bravo nella manualità, a copiare immagini. Furono tre anni difficili, dove i problemi della crescita si mischiano allo sviluppo e la formazione del pensiero.

Cominciai ad entrare in conflitto con la mia famiglia, cercando di ricavare un atteggiamento proprio, imitando i più grandi, ma la confusione mentale era tanta, era presto per scoprire e cercare di capire il mondo, tutt'ora non sono riuscito nella impossibile operazione. Arrivarono gli esami di terza media. Le superai brillantemente e arrivò la relazione dei professori:
*"si consiglia di proseguire gli studi a indirizzo liceale con studi classici".*
La mia famiglia era a pezzi e allora lo "stato", ma ora è cambiato poco, escludeva dagli studi importanti I figli delle famiglie povere. Esistevano dei sussidi per le famiglie disagiate, cosiddetti "buoni scuola" ma ne erano esclusi i licei, si potevano elargire solo per istituti a indirizzo tecnico e professionale (avvio ai mestieri).
E così fu.
Condannato già a quell'età a frequentare una scuola a cui non ero per nulla interessato, difatti fu un disastro. Abbandono dopo un po' di anni, fallimento totale ma all'inizio della vita non avevo colpe. Ora guardo questi bambini e anche se la cattiveria in me potrebbe essere giustificata, spero per loro un seguito diverso dal mio. Poi ripiombo nel pensare al mio stato da barbone vero e fetido, sempre con un minimo di decoro che conservo, però mi consolo, ora sono liberissimo di essere io. Ho difficoltà nell'alzarmi devastato dall'artrosi, per chi non conosce, vivere in strada significa avere sempre un'umidità addosso devastante

per il mal d'ossa, poi avere tutto il tempo a disposizione per pensare, immaginare, far volare il cervello mentre osservi lo scorrere dell'umanità che ti sfiora e ti passa avanti con tutta l'indifferenza del mondo. Questo ti regala serenità, è quasi inconcepibile, ma oggi essere senzatetto è una delle migliori forme di vita in questa società, strutturata nella maniera più vuota e calcolatrice che si sia mai ricordata. Solo il denaro assume valore, per il suo accumulo si mette in discussione qualsiasi cosa, i valori più semplici, l'onestà, la felicità, la gioia e l'invidia. Peccato l'uomo aveva avuto la possibilità di migliorarsi, ma è solo peggiorato.
"Oh cari bambini, mi scuso se ora sto piangendo, ma sento di essere invisibile ai vostri occhi, bambini avete in mano la vita e spero che la scuola vi aiuti, purtroppo ne dubito molto e il mio pianto è disperato"
È bellissimo piangere senza che nessuno ti veda. Piangere spesso è come lavare il cervello, fa benissimo ricavalcare i ricordi di tanti anni fa e vederli così lontani, ma sono sicurissimo che nessuno mi veda perché sono io ora *"dietro al sipario"*.

*il prevedibile*

Sono le nove del mattino, mi devo spostare per cercare cibo. Alzarsi in piedi poi è un problema, l'artrosi, l'artrite, il corpo usurato e non accudito seriamente crea grossi problemi. In fondo non è nulla, so che la mia fine non è lontana, ho una malattia diagnosticata tre anni fa che mi porterà all'inevitabile fine del martirio largamente immeritato. Malattia subdola e vigliacca che non da grossi avvertimenti ma ti logora come il fuoco di una candela, ti mangia e ti consuma piano piano, senza essere troppo invadente e disumana. Il dubbio è se mi renderà cieco prima della morte. Non è il dubbio che mi angoscia di più in questo momento, anche perché quando morirò, di botto diventerò di certo cieco. Ora il dubbio che mi assale è dove andare a cercare un pasto accettabile. Sfidare il male è una guerra che l'uomo ha sempre combattuto e forse mai vinto. Per me il male rappresenta un motivo, un pensiero costante, un amico con cui dialogare, ma anche traditore. Non ho mai avuto paura, ma ho sempre convissuto con il fastidio della precarietà che ti accompagna definitivamente, il condizionamento delle previsioni future, non ho da qualche tempo nessuna aspettativa, ma il futuro vive inconsapevolmente e fedelmente dentro di noi anche se non l'avvertiamo. Quando ho notato i primi piccoli disturbi, leggeri ma molto fastidiosi, e in seguito è arrivata la spietata diagnosi ho cercato di ragionarci, in realtà ne ho tratto anche energia, a sottolineare che l'istinto sopravvivenza vince su tutto. Così paradossalmente sono diventato più forte, il male sopraggiunto è stato fondamentale nella spinta definitiva a vivere per strada. Il male ti aiuta a crescere, anche se questo che vive in me toglie amichevolmente il vedere, però all'inizio la vista migliora, cominci a notare colori che non vedevi da molto tempo e riesci a distinguere le persone attraverso il non visibile, qualche piccola proprietà l'ho pure io. L'umanità è cieca, anche sorda, forse il male che mi affligge è minore e quasi fisiologico, a differenza di quello che sta devastando il mondo da molto tempo è una malattia non indotta, ma certamente fa parte di un "programma" a me destinato. Il male che devasta l'umanità, lo ha cercato ed è scaturito dai i suoi comportamenti folli e suicidi. Con la mia malattia ora ci convivo, so che accorcerà la mia esistenza turbo-lenta (prima parte turbo, seconda parte lenta, molto lenta) mi sta divorando e faccio tesoro di tutti i suoi insegnamenti, non ha ancora aggredito il mio udito, perché ho sempre adorato la musica della vita. Adesso la strada è come se fosse una grandiosa orchestra che suona tutta per me, anche il silenzio della notte ha la sua musica, spesso assordante ma istericamente improvvisa, ti lascia senza fiato, vedremo la notte quando arriverà. Una convivenza particolare, perché a differenza di quelle che ho vissuto con altri esseri umani o animali, è il convivere con una parte di me, alloggiata dentro di me, nello stesso tempo è staccata, fa un suo percorso autonomo e dialoga con me, una sensazione che spesso mi getta nel vuoto, ma quando ne riesci a prendere possesso, ti rende ancora più forte. Il male come motore, l'unica vera causa irrimediabile che provoca l'assenza del futuro, nega il prevedibile, ma già questo non era più in me da qualche tempo.

Attraverso Piazza Vittorio, la splendida piazza nonostante il degrado totale, conserva sempre il suo fascino, rimasto solido e intatto. Cerco di raggiungere il mercato comunale coperto "Esquilino", lì all'uscita riesco sempre a rimediare qualcosa da mangiare. Mercato che ora è praticamente in mano a indiani, pakistani, arabi, in minor parte africani. I risultati si vedono, quasi tutti i banchi sono di cibo non usuale per il mercato romano. Ricordo già negli anni novanta, il mercato bellissimo di Piazza dell'Unità a Prati, quasi abbandonato dai venditori. Qui ci sono banchi con merci abbondanti, verdure molto particolari, colori e vivacità, grida in un italiano deformato, alla faccia del popolo italiano, borioso e strafottente. Popolo orgoglioso di essere stato l'inventore di una delle peggiori forme di dittatura che l'uomo ricordi, paese che ospita la sede della ricchissima religione, in passato, più prepotente e guerrafondaia del mondo. Forse ora non più. Diciamo che d'italiani se ne vedono ben pochi in giro da queste parti, quartiere situato alle spalle della stazione, ha assunto da anni un aspetto molto mediorientale, dove una miriade di razze cercano di vivere più o meno decorosamente. Mi sistemo sempre a un'uscita dal lato che guarda Piazza Vittorio. Tiro fuori il cartone e mi accuccio non senza difficolta per terra, con le mie cose, vedendole con un occhio borghese, sono cose

che potrebbero suscitare dello schifo, ma per me sono tutto, per me sono essenziali. Anzi ci sono affezionato, penso a quando avevo bisogno di case spaziose, con i figli di turno che venivano a trovarmi, comodità mai rinunciate, con tutte le persone che cavalcavano il benessere frutto delle mie fatiche. Ora penso al mio carrellino e credo di avere tutto, fissandolo penso all'inutile superfluo, la corsa affannata del consumismo che l'uomo affronta perdendo di vista i frammenti della gioia umana. C'è un po' di sole, a marzo è già alto. Roma incanta.
Mi riscaldo con il tepore, mentre le genti entrano ed escono. La varietà umana è indefinita, molte donne arabe, che di solito non lavorano, storicamente vissute in un modello conservatore dove per le donne l'affidamento della cura dei figli è totale. Sporte piene di cibo, poi ci sono gli africani, come al solito i più sfigati. Loro sono gli ultimi pure qui. I neri dell'Africa centrale, sia nei paesi arabi sia in Europa, vivono le condizioni peggiori. Li guardo e controllo il loro affanno nel vivere, il disordine comportamentale, dove le immense colpe dei popoli tiranni e colonizzatori, hanno lasciato strascichi indelebili nei secoli. La paura nei loro volti si trasforma spesso in aggressività, la loro confusione gli impedisce di socializzare serenamente, li porta spesso ad agire senza un controllo razionale, diffusa su tutti e contro tutti, anche nei miei confronti, navighiamo nello stesso mare e con la stessa barca comandata da un uomo cieco, che ha perso la rotta e non vede più

l'orizzonte. Non riescono a essere altruisti, a loro la vita non ha dato nulla, non hanno avuto rispetto di nessuno, la sofferenza che ha avvolto dall'inizio la loro giovane esistenza, li ha resi aridi e senza comprensione. Non li colpevolizzo anche se spesso prendono a calci il mio carrellino e mi gettano addosso cartacce e bucce marce. È l'unico modo per cercare di stare al mondo pensando che quello che hanno ricevuto, va reso indietro. Non è cosi, non sarà semplice nei prossimi decenni spiegarglielo, saranno sempre di più, su questo un po' mi consolo a dispetto delle bestie razziste e fasciste dominanti, che odiano soltanto per il colore della pelle, assurdi e tristi reazionari.
L'uomo in fondo è un animale cattivo e senza memoria.
Esce dal mercato una famigliola araba, più o meno benestante. Lo riconosco da diversi dettagli, come dall'abbigliamento, dal comportamento. Bisogna riconoscere che il loro benessere è molto diverso dal nostro, è più efficace e concreto, anche a giudicare dal velo (tipo hijab) che indossa lei. In realtà lui non c'è, la famigliola è composta dalla mamma, un bambino in carrozzina, una bambina sui tre-quattro anni, un bambino sui 6-8 anni, alla carrozzina legato un cagnolino non di razza, molto piccolo. Mi si strappa il cuore. La bambina si avvicina e inizia a guardarmi con curiosità vedendomi seduto a terra, con aria molto rilassata, apparentemente senza pensieri, in realtà lo sono e domanda qualcosa alla madre. La madre

risponde e la chiama per nome, bellissimo: Halima. Poi la donna araba, con lineamenti mediterranei molto belli, mi chiede scusa.
Io «Ma non deve chiudere scusa»
La madre «Halima mi ha chiesto se lei stava male»
Io «in un certo senso, non sto assolutamente bene, in un altro sto benissimo, gli dica che deve essere felice»
Qualcuna che si prende curiosità per me esiste allora! Di solito la gente mi passa davanti e fa finta di non vedermi, lo schifo che provano riescono a nasconderlo molto bene, altri invece non riescono a mascherare il loro disprezzo. Il cagnolino mi annusa, ha da fare molto penso, e noto con piacere che l'animaletto domestico è un segnale importante del loro stato sociale e la capacità di adattamento. Gli arabi non hanno molta comprensione per gli animali domestici, un po' come la nostra cultura rurale. Gli animali hanno senso se collaborano al sopravvivere, non hanno ragione di esistere nel superfluo. Halima continua a guardarmi con molto interesse, il bambino vagheggia e poi rivolge una domanda alla madre in arabo. La lingua araba è amabile e bellissima, mi piace ascoltarla, si sente che ha radici lontanissime, riesce ad essere molto dolce e dura contemporaneamente, a seconda dello stato d'animo di chi parla, questa è una caratteristica delle lingue più belle e antiche del pianeta. In gioventù ho vissuto in un paese arabo per parecchi mesi, avevo assorbito molto delle loro" ricchezze ". Oggi i popoli arabi del Nord Africa vivono un ruolo subordinato, loro che avevano

dominato questa parte del mondo riuscendo a trasmettere saggezze e insegnamenti di cui noi oggi facciamo uso. Noi che ora disprezziamo la loro cultura semplicemente perché è diversa, invece io l'amo. Come amo la loro cucina. Molti anni fa a Borgo c'era una piccola trattoria egiziana. Borgo è uno storico quartiere della Roma autentica, forse uno dei più affascinanti della "Eterna", adiacente al Vaticano. Fu dimezzato dalla follia di architetti del ventennio per creare un effetto più imponente e visivamente sorprendente di Piazza San Pietro, con la complicità del Vaticano, che di sporche complicità storicamente se ne intende, specialmente in quel periodo. In realtà distrussero uno degli angoli più belli di Roma. Delirio di ringraziamento, forse per l'accordo dei Patti Lateranensi.
Dal "ristorante egiziano", cosi semplicemente si chiamava, ci andavamo spessissimo. Erano i primi anni '80. Era a Borgo Pio, dopo aver imboccato la strada 50 metri a destra in direzione San Pietro, te lo trovavi con la sua discrezione. Si dovevano scendere cinque scalini, i piccoli magazzini degli storici artigiani oramai lontanissimi, fondi del mitico Borgo. Era egiziano e molto gentile, arrivato in Italia non so il perché. La trasmigrazione verso l'Europa non esisteva e tutte le guerre americane contro l'islam, poi le stragi di riflesso in Europa, non erano iniziate. Era una piccola trattoria, modesta e deliziosa, arrangiata, secondo me lui non era un cuoco, ma si era inventato la piccola novità e ci andavo sempre con molto amore.

I profumi e alcuni sapori mediorientali c'erano però. Alle pareti qualche segnale della sua cultura, oggetti molto modesti, souvenir di pessima fattura, di quelli che compri quando vai, poi dopo un paio d'anni li butti. Si respirava un'aria schietta, anche molto semplice, povera, però si stava bene. Lui era un omone grosso e faceva quasi tutto da solo, si mangiavano anche cose buone con i sapori lontani dalla romanità. Mi piaceva, erano gli anni del sequestro dell'Achille Lauro, allora l'Italia cercava di avere una sua identità, cercava di smarcarsi affannosamente dal domino Amerikano, quello più assassino, insieme a suoi amici sionisti. La simpatia per la cultura mediorientale mi è rimasta completamente intatta e nel tempo non è mai calata, anche se oggi la situazione è molta cambiata. Ho un rispetto per la loro storia, le loro tradizioni ci hanno aperto strade sconosciute. Come tutte le culture che s'intrecciano tendono a crescere entrambi, questo purtroppo l'uomo l'ha sempre saputo, ma ha fatto finta di non esserne a conoscenza. Oggi più che mai, la nostra società è avviata a un periodo oscurantista, dove l'ignoranza, il disprezzo per il diverso e il debole, sono diventati inevitabili, pseudo-valori portano un enorme consenso elettorale. Assistiamo al loro declino, pensando di essere semplici spettatori, noi affiancati da una religione che si sforza di vestire abiti nuovi, ma vive ancora con valori medievali. Impossibile non vedere i risultati, almeno io con i miei occhi riesco ancora a notarli, nonostante abbiano perso lucidità. Ora i bambini mi osservano perché il cagnetto si è avvicinato e gli sto accarezzando il piccolo mento barbuto, i suoi occhi godono, i bambini vorrebbero giocare. Loro non conoscono nessun confine, ne vedono differenze create da noi adulti, sono uguali in qualsiasi parte del mondo, hanno lo stesso tipo di felicità, l'identico sorriso, il medesimo pianto, i loro volti sono sempre senza colpe e senza peccati. Purtroppo questo svanisce nel diventare adulti, spesso si arriva al punto che gli uomini sanno essere crudeli e cattivi senza limiti. Lo sguardo s'incrocia con gli occhi dei piccoli, immagino il loro pensiero, la loro inconsapevole ignoranza sul mio passato, quello che è stato il mio percorso e la vita che conduco nel presente. Ah se loro sapessero, quanto ho amato e sofferto insieme con gli animali. Quando girava tutto bene, il dormire non era nel mio essere, lavorando venti ore al giorno con guadagni importanti, conducendo la vita senza pensare a un domani, senza affrontare la fine improvvisa dello stato di grazia, per poi trovarsi un giorno per strada all'uscita di un mercato, quasi straniero in terra propria chiedendo questa specie di elemosina mascherata da carità. Accattonaggio potremmo dire e gridare. È curioso essere osservato da due bambini arabi innocenti che ti scrutano come fossi quasi un elemento circense, in fondo ora questo è il mio ruolo e loro non sapranno mai che sono un uomo vecchio malato, poverissimo, abbastanza sporco, ma felice e puro. A questo punto, in un gentil-arabo, la madre richiama i due figli e si rivolge alla bambina ordinandole qualcosa. La bambina prende dalla sporta della mamma una busta di patatine e me la porge. Io la prendo, ringrazio in arabo, una delle poche parole che ricordo «shucran» italianeggiata. Ho imparato a scacciare la parola "offesa" dalla mia lingua, sia nell'emetterla sia nel riceverla. Un grande traguardo. Il rimpianto di non aver imparato prima a comportarmi così, il saper accettare le offerte, non umiliarmi mai più. La vera umiliazione è quando rendiamo schiavi gli altri, quando cerchiamo di distruggere chi abbiamo difronte, l'assenza del rispetto verso le persone normalmente diverse. Questa è la vera umiliazione, una schifezza del nostro operato, quando succede è la nostra vita che è umiliata. Bellissimo questo incontro con "la famigliola araba", li saluto e adagio si allontanano, ogni tanto la bambina, attaccata alla madre con timidezza, si volta per accennare un piccolo saluto. La madre la tiene per mano, mentre il bambino segue corrucciato. È fantastico il modo con cui alcune mamme tengono per mano i propri figli. È una stretta particolare, non tutte, ma da quel particolare modo si intuisce il rapporto che esiste tra loro. È una stretta delicata, dove la congiunzione della vita è presente e continua. La differenza di potenziale della forza è enorme. Questo riguarda tutti quando afferrano per mano un bambino. La diversità della grandezza nelle due estremità è grandissima, eppure la presa è indicativa dell'amore tra i due. Delicatissima la mamma, orgogliosa e sicura quella della bambina. È un momento incantevole e stupendo da vedere, rassicura chi le osserva, e rende un corpo unico tra i due esseri. L'energia che la stretta delle mani tra mamma e figli emana, è una forza che andrebbe usata e divulgata a ogni incontro tra uomini. Qui è il caso di soffermarsi un attimo sul rapporto tra genitori e figli. Nel nostro modello di società occidentale, trovo il rapporto tra madri e figli ingestibile, specialmente nel dettaglio mamme-figli maschi. Troppi uomini che ho conosciuto hanno avuto la loro esistenza condizionata dal rapporto con le rispettive madri, hanno mozzato la loro individualità, tralasciando una buona parte di vita autonoma che poteva avere sviluppi più concreti e veri. Le colpe sono abbastanza equivalenti, ma darei una piccola superiorità di colpevolezza alle madri. Quando si mette al mondo un figlio, occorre ricordarsi che si mette al mondo un essere umano, che non è di nostra proprietà ma proprietà dell'umanità intera, insegnargli a vivere come un essere autonomo in mammifera memoria, è doveroso. L'indipendenza decisionale porterà il figlio ad affermare le proprie qualità, ad affrontare i propri difetti e avversità, purtroppo si sono creati individui dipendenti da genitori egoisti, non autosufficienti, subdoli alla personalità materna, condizionati eternamente a scelte non autonome, quindi a personalità deviate. Questo è molto più accentuato nelle società di stampo cattolico, o comunque molto religioso dell'aerea mediterranea, dove la diffusione di questi valori è fortissima. Penso che una correità l'abbia la società patriarcale, quindi una specie di rivalsa di potere occulto, che le donne hanno nei confronti della società, per secoli ridimensionate e maltrattate. Una specie di rivincita, anche se in parte inconscia. I risultati sono pessimi, tutto è molto distante dalla società che ho sognato da giovane, ora la osservo da individuo estraneo e molto marginale. I valori rispolverati di una società basata sul Dio-Patria-Famiglia la dice tutta sulla restaurazione sociale dove i valori famiglia–figli sono tra i peggiori. L'uomo dovrebbe aver imparato che questo modello non funziona, ma purtroppo non è così. È un aspetto dell'infinito e indistruttibile egoismo umano. Quando nasce un essere umano diventa proprietà dell'intera umanità, un bene comune, invece si ha questa percezione solo quando nel seguito della loro vita, farà danni, lasciando ricordi di distruzione e morte, allora sì che diventa proprietà comune. Anche quelle "bestie" che la storia ci ha regalato, sono stati "figli".

Come tuti gli incontri e gli scambi, ne sono uscito più ricco, anche se solo per una busta di patatine (*Una busta di patatine fritte, come è lontana l'America e come è vicina).*

Questi in realtà sono dei piccoli sketch del meraviglioso spettacolo che è la mia vita per strada. Il mio incantato accattonare. Io sono uno spettatore e loro non lo sanno, come già detto sopra, in realtà sono dietro al sipario di questo enorme palcoscenico, ma riesco a stare anche davanti. Assisto e godo di questo infinito, splendido spettacolo dell'umanità.

## *Ambra Jovinelli*

Si sono fatte le dieci circa, dall'orologio dell'esterno del mercato. È giusto muoversi mi avvicino al teatro Ambra Jovinelli, dopo cercherò di raggiungere il sottopasso-tunnel della stazione, dove da qualche tempo dormo, mi riparo e trovo gente come me. Vago per la grande città, mai assurta a metropoli, provincia gigantesca, forse una delle sue migliori qualità. Roma non racchiude nessun effetto positivo delle metropoli occidentali, pochissimi sono i vantaggi. La sua sporcizia e i suoi rifiuti, compresi noi, compreso io, danno un po' d'internazionalità a una delle città più belle del mondo che ancora vive sui ricordi e ruderi di duemila anni fa. Prima del tunnel cercherò di raggiungere la mensa dei poveri in Via Marsala alle porte di San Lorenzo, almeno in serata, prenderò della pasta appena calda ma soprattutto il sorriso di una vecchia che serve il cibo, certo non ne sono innamorato, ma attratto sì. Vecchi fasti andati. Ci vuole tempo, mi muovo adagio, in qualche modo mi trascino e non tutti i malanni "vengono per nuocere", così riesco e vedere frammenti che altrimenti mi sfuggirebbero. Passo davanti allo storico teatro "Jovinelli" rimasto chiuso per molti anni, forse una ventina, dopo che un incendio l'aveva distrutto agli inizi degli anni 80. Il teatro non c'era più da un pezzo, era ridotto a uno squallidissimo cinema a luci rosse. Un tempio italiano dell'avanspettacolo negli anni d'oro. Ha visto recitare i più grandi comici e artisti dell'intrattenimento popolare, scuola d'arte vera e propria, università della rivista. Mi soffermo a leggere una locandina. Vecchia abitudine sempre conservata, riconosco sempre qualche nome amico, conoscenti o colleghi del vecchio mestiere. Ricordo quando il mio nome era stampato sempre in posizione bassa, ma era grande motivo di orgoglio nell'esserci dentro, magari giù in fondo. Tutto passa. La facciata del teatro è molto bella e tutelata, credo, stamattina è baciata da

un sole sincero ed elegante. Nel frattempo esce fuori un giovane, vestiti di tendenza e mi dice di allontanarmi, praticamente mi caccia. All'inizio quasi con educazione che però dura poco, si trasforma velocemente in aggressività celata dietro una falsa cortesia. Molto teatrale. Chiaramente non vuole che un barbone stazioni davanti all'ingresso della biglietteria, sono un deterrente per futuri spettatori. Almeno qualcosa sono. Lo guardo e lui prende pausa, poi ripete:
«Si tolga gentilmente, la gente deve entrare, vada via. Si sposti vada dove deve andare!».
Lui non sa neanche se sono italiano oppure un barbone arrivato per caso nella capitale. Non rispondo, lo guardo di nuovo e mi allontano quanto basta per non farmi cacciare di nuovo. Il teatro è molto vicino alla stazione Termini, molti amici di vita, intoccabili, passano di qui. Mi dispiace per il gentile signore se dovrà scacciare spesso gente come me, lo Jovinelli è sul tragitto che va dal tunnel al mercato ed è bello da vedere. Anche noi barboni amiamo le cose belle. Passare davanti all' elegante entrata inizi novecento è sempre piacevole. Ma la vita è così, ognuno di noi sta nello stesso tempo nel posto giusto o sbagliato secondo la situazione che vive. Ci sono due colonnine dissuasive appena più in là, le raggiungo e mi siedo su una di loro, sono posizionate a lato della facciata del teatro. Lo Jovinelli è proprio adiacente al grande terminal ferroviario, Via Giolitti (personaggio inquietante della nostra storia inizio

secolo scorso) lo costeggia. Sono lì seduto su una delle colonnine quasi al sicuro dai rimproveri del managerino teatrale che chiamerò "Vestibene". Da una prima analisi deduco che sia l'amministratore della compagnia ospitata, questo mi apre la memoria di uno scenario fantastico del mio passato. Il sole marzolino c'è e vedo poco, la malattia che mi trascino con il carrellino mi toglie lentamente la visibilità, i miei occhi vedono, ma sono deboli, fanno difficoltà a filtrare le atmosfere brillanti. Ma torniamo allo scenario suddetto. Molti anni fa lavoravo in un teatro importante di questa città, in pieno centro, famoso, ma omettiamo il nome per non coinvolgere avvoltoi disperati e lecchini di turno. Spessissimo lavoravo con produzioni grandi dedicate a un famoso comico milanese scomparso già da tanto, grosso (in tutti i sensi), raramente gentile "dietro". Aveva un amministratore particolarissimo, era stato un comico di tutto rispetto dell'avanspettacolo, come tutti i teatranti puri aveva vissuto una vita intensa e viziosa. Non doveva aver accumulato nulla. Ah da che pulpito! Però un uomo molto curioso, basso, a forma di palla, non aveva che cinque denti ingialliti dal tempo e dal fumo, si presentava sempre con sfrontatezza, senza tener cura dell'aspetto. Questo lo rendeva già macchietta e quando mi raccontarono del suo passato, m'immaginavo il suo atteggiamento in scena. In fondo era educato, non espansivo, il nome era buffo e ricordava una grande nave italiana pre-guerra. I suoi atteggiamenti erano sempre molto gentili, personaggio lontanissimo da "Vestibene" in un teatro sincero e modestamente ricco. Quel teatro dell'avanspettacolo degli anni trenta-quaranta-cinquanta, dove spesso si sconfinava nel saltimbanchismo, osannato da Fellini in maniera strepitosa, ma anche da Salce, Corbucci, insieme ne consacrarono l'assoluta importanza. Pensavo a quante volte Cesare, il suo vero nome, avesse recitato in questo teatro durante il fascismo, vedendo la guerra invadere la città eterna. Poi il dopoguerra con la fame che venne esorcizzata anche dal teatro. Era un uomo duttile diremmo, pronto al rimprovero in silenzio, svolgeva il suo ruolo con diligenza. Teatrante assoluto, non aveva nessuna funzione al di fuori dello spazio scenico, si portava dentro quel meraviglioso bagaglio del mondo che il grandissimo maestro Sergio Tofano descrisse nel capolavoro del "Teatro all'antica italiana". Quando arrivava in palcoscenico, per prendere ordini dal borioso comico milanese, si comportava come un vero cicisbeo, ubbidiva serenamente, calato nel suo ruolo e devoto alla missione che la vita gli aveva assegnato. Qualche volta, essendo l'amministratore mi ha pagato la "decade", era bello vederlo maneggiare soldi, li trattava con delicatezza nel contarli, ma li guardava con disprezzo, forse perché erano i tuoi e non suoi, forse anche per il disprezzo che aveva per il denaro. Doveva avergli causato tante gioie e molte pene. Idem. Cesare era un personaggio autentico, lontanissimo dal teatro di oggi, lo sparire dalla vita della gente come lui, ha portato via un tesoro che oggi gli operatori del settore, come "Vestibene" e soci, non conoscono e non immaginano neanche, per fortuna aggiungo. Mi fermavo sempre a osservarlo, cercavo di entrare dentro al suo personaggio, ha lasciato in me una coinvolgente passione, la molla che mi ha catapultato ad amare senza limiti un lavoro che ho sempre rispettato. Son qui seduto su una colonnina dissuasiva congiunta con sua sorella da una catena prepotente, intravedo al di la dell'entrata l'agitarsi di "Vestibene", mi fa pena, io qui con le mie sporcizie e le croste della vita l'osservo, lo capisco, cosa che lui non fa, mi rendo conto della mia impossibilità di vivere il mondo in maniera convenzionale. Mi sposto, così sarà un uomo felice, rinfrancato dalla facciata dell'Ambra Jovinelli, rimasta quella di un secolo fa. Cerco di fare il solito tragitto di quando il tempo me lo permette. S. Maria Maggiore la mattina presto, Mercato Esquilino, Ambra Jovinelli, Acquario di Roma, mensa serale in Via Marsala, , tunnel sottopasso stazione dove dormo da un po', poi si aspetta il turno del giorno seguente che con calma arriverà. Allontanandomi lentamente costeggiando via Giolitti, lascio il teatro Jovinelli, l'unico vero aggancio che mi si presenta nei miei spostamenti oramai limitati, in attesa di una giusta uscita per gli applausi finali.

Non mi abbondonare mai sana e lucida follia.

Lasciandolo penso a quando questo magnifico edificio, nato per allietare e meravigliare il pubblico, agli inizi del secolo ospitava negli intermezzi anche il cinema. Nei primi anni del '900 il cinema era considerato poco più di un fenomeno da baraccone. Spesso negli intervalli, veniva calato una specie di schermo di tela detta comoda, da qui il nome più comune comodino usato dagli addetti posizionata subito dietro il sipario, ancora esiste in qualche teatro ben conservato. Si proiettavano spesso scene ridicole e brevi per distogliere il pubblico che aspettava il seguito dello spettacolo teatrale. Mio povero caro cinema, quanto ti ho amato in gioventù, grazie a te cavalcavo e scatenavi i miei sogni giovanili. Ti ho adorato vissuto in pieno nella tua magica atmosfera fumosa, ero spessissimo da te, si sono stato un uomo fortunato a essere stato giovane nei migliori anni del dopoguerra, dove il futuro era presente dovunque e quasi in tutti. Ora sono vecchio forse nel periodo più decadente dalla fine dell'ultima guerra. Oh immenso veicolo che hai condotto la mia fantasia in tutti gli angoli del mondo, tra le braccia delle donne più belle, accanto ai rivoluzionari più coraggiosi, grazie cinema di essere stato presente in me e aver regalato tanto alla mia esistenza. Trascinando le croste del mio corpo mi sto allontanando dal raggio d'azione del Sig. "Vestibene", a dir dal mio intuito linguistico, forse bresciano o giù di lì. Lombardia est quasi di certo. Brescia città cui devo molto e dove ho lasciato brandelli di cervello, nel periodo più fertile della mia vita, in uno dei teatri più belli d'Europa: il Teatro Grande. Dopo questo bagno di ricordi, accompagnato dal mio carrellino e col sollievo di allontanarmi del managerino bresciano, lascio alle spalle l'edifico testimone di una vita che non c'è più, ne abbiamo parlato sin troppo. Mi dirigo verso l'Acquario di Roma, trecento metri, forse un po' di più, così attraverso vie oramai non più italiane ma completamente gestite da orientali. Mi posizionerò fuori dal recinto, non vicinissimo all'entrata. Splendido acquario di Roma, a dir poco meraviglioso, è un edificio ovale della fine dell'ottocento completamente recintato e circondato da giardino con ruderi importantissimi della città eterna. Non conosciuto dal popolino romano, è adibito a manifestazioni, convention, feste. Al suo interno c'è la casa dell'architettura, con una bellissima libreria. Lo so perché anni indietro ho lavorato con degli eventi dentro alle sue splendide sale ottocentesche. Ora chiaramente non posso entrare, terra bruciata, aspetto fuori e spesso riesco a racimolare qualcosa. A ognuno il suo ruolo, i borghesi dentro, i barboni fuori in pieno accattonaggio, difatti non sono quasi mai solo, ci sono spesso altri disperati, tra noi non c'è mai molta amicizia. Siamo come rivali, l'egoismo domina, la solitudine l'abbiamo cercata e trovata, non si svende. Sinceramente faccio il tragitto di strada dal mercato esquilino all'Acquario da molto tempo, perché in zona ci sono ristoranti ovunque, e qualcosa mi danno sempre. I rifiuti degli altri sono diventati un po' il mio cibo, va bene anche così, non mi umilia di certo questo.

## *i gatti e i pesci*

Il sole di mezza mattinata riscalda le mie fragili e fradicie membra. Il muretto con marciapiede circonda tutto il perimetro della nobile struttura, è comodo per accattonare. Certo anche qui i gestori non sono contenti della presenza dei pezzenti, ma noi siamo una parte di questa società, mi spiace, ne siamo il frutto anche se avariato. Mi porto sempre dalla parte dei ruderi, ci sono moltissimi gatti. Uno mi riconosce di solito, quando lo porto, divido con lui il cibo che mi regalano. I gatti aspettano fuori e vagano indifferenti nei ruderi millenari, l'usanza del cibo avanzato per i pesci grossi, probabilmente, è stata trasmessa dai loro antenati. Immagino l'usanza di gettare il cibo (avanzi di pesce) fuori ai gatti affamati che aspettavano e ripulivano il tutto. Questo potrebbe essere successo nello splendido Acquario fine '800, prima di essere dismesso. Ora i gatti vivono riparati dalle vie circostanti, hanno fatto casa nel grande giardino, si riproducono senza controllo ma muoiono senza cure e riguardi. Aspettano inutilmente, non ci sono più pesci, ora la fauna che vive lo splendido edificio, è un'altra, ma i gatti ci sono e sono tanti. E pure io come loro, aspetto gli avanzi che qualcuno mi offrirà. Nell'immaginario umano, il gatto è descritto in tanti modi. Bellezza, fortuna, pensiero, scaramanzia, disprezzo. Per me è solo amore, affetto, eleganza, pulizia. Stamattina ho trovato un posticino a una quarantina di metri dall'entrata, versante stazione Termini, siamo in pratica a cinquanta metri, si vede uno scorcio dell'enorme edificio ferroviario con le finestre superiori un tempo adibite a uffici, tutto in stile anni cinquanta, avanzi della scuola razionalista. La gente che passa avanti a me è veramente uno spaccato di mondo, sono per terra seduto su un cartoncino, l'igiene è lontana, prima era sempre vicino a me, ne soffro. Sopra alla mia testa, fa avanti e indietro il gatto con i calzini bianchi, dietro all'inferriata liberty bellissima, la recinzione superiore al muretto. Vedendolo con un'ottica diversa sembra un leone che passeggia nervosamente cercando di trovare lo spazio non concessogli, simile a un felino normalizzato, in una gabbia da zoo o da circo. Il gatto è molto più libero. L'ho chiamato Blu, quando mi vede, accorre sempre a odorarmi, almeno mi fa piacere pensarlo, infilo una mano nella grata della recinzione e gli gratto la pancia morbida e bianca. Sopra al mantello è nero, anche il bellissimo musetto è nero, la parte della bocca bianca, naso e gommini (polpastrelli sotto alle zampette) rosa, così li ho sempre chiamati. Semplicemente bellissimo. Insieme guardiamo l'umanità che ci passa davanti, scorre sempre velocemente e indifferentemente. Ora siamo in due "Dietro al sipario", questo non mi dispiace, anche se essere "IO" solo, mi piace da impazzire. Passa di tutto avanti a noi. Studenti stranieri che alloggiano in queste fetide pensioni adiacenti al grande scalo ferroviario. Sono sempre in piccoli gruppi misti, maschi e femmine, esemplari umani belli da vedere, la gioventù esternata inconsciamente e piacevole nelle forme, nella lucentezza della loro pelle e dei capelli. Quelli del Nord-Europa sembrano più indecisi ma sono realmente più intraprendenti, forse non conoscono bene l'Italia, un paese violento e improvviso nei suoi atteggiamenti pericolosi, paese che sa nascondere bene il veleno portato eternamente dentro la sua falsa ospitalità, e quando non lo è, lo riesce a nascondere bene in modalità dormiente. Passa un cameriere del Bangladesh quasi di corsa, deve aver ricevuto un ordine di procurare qualcosa mancante alle cucine o doveva svolgere un compito nascosto. È molto affrettato, ci osserva, a me e Blu, con un'aria mista tra la comprensione e il fastidio. Certo sono proprio l'ultimo, guardo Blu e gli accarezzo il pelo cortissimo che ha sopra il naso, mi piace tantissimo, lo gratto con dolcezza e lui gradisce, i suoi occhi con lacrime essiccate, incrociano i miei, questo è amore vero Molti viaggiatori si spingono fino a questa falsa piazza, accanto dal lato di Via Giolitti. Di fronte a me c'è un palazzo con dentro tre o quattro pensioncine, una ha le finestre aperte che danno su un balcone, esce una musica bellissima. Secondo me la più bella canzone del secolo scorso: "la donna cannone", ne gusto il sapore e l'atmosfera creata, anche Blu gradisce. Adesso siamo insieme davanti al sipario aperto, un attimo di vita meravigliosa, ci offre uno stupendo frammento nonostante le croste che mi porto dietro che navigano contro. La vita con la sua prepotenza è sempre pronta a far sentire la sua splendida voce. Passa ora un altro "Vestibene", non è un parente del managerino lombardo, ma sicuramente viene dallo stesso ceppo. Sembrano tutti uguali, plasmati e clonati dalla stessa madre, sono ignari della loro esistenza superflua. Siamo dentro al grande quartiere Esquilino, bellissimo, da circa tre anni la mia grande casa, grandissima. Le vie sono strette, all'epoca della costruzione certo non immaginavano il traffico assurdo romano. qui si sente poco, è una zona abbastanza complicata da girare e parcheggiare, grande deterrente per i comportamenti violenti dei guidatori esausti. Ora passano due preti giovani, sono fuori zona, è più semplice veder passare qualche iman.

Forse alloggiano in questo enorme mucchio selvaggio di piccoli alberghi e pensioni. Non sono italiani, sembrano tedeschi e non danno l'idea di grande fierezza maschile. Boh, certo il presentimento e il sospetto ci sono, danno l'idea di essere fidanzati, ma sicuramente è la mia cattivissima chiusura mentale influenzata dai tanti scandali, venuti a galla dopo il duemila. Non ne faccio nessun problema, figurarsi ad uno che ha accettato qualsiasi compromesso di vita sulla strada, spesso con ex puttane, eroinomani alla fine, piccoli ladri, gay frequentatori delle stazioni. Ho visto cose che normalmente l'uomo non vuole vedere. Forse è un privilegio. Blu emette un piccolo suono, un misto tra un miagolio e un'esclamazione molto breve. Secondo me è un cenno di gioia, nell'attesa di prendere qualcosa, anche un po' ruffiana, il linguaggio dei gatti è sublime e complesso, mai banale, sempre mirato a uno scopo. Grande animale, dove la magia si è accampata dentro la tua figura soave. Ragiono sulle andature frenetiche delle persone, molto veloci, che percorrono queste strade. I borghesi (molti managerini) che entrano dentro l'acquario, vengono in taxi o direttamente dalla stazione, è vicinissima. Le persone che attraversano queste vie in quadratura, cercando affari, in queste vie piene di negozi cinesi, fantocci di copertura, di piccoli bazar arabi all'ingrosso, idem. Questo è anche un quartiere dove c'è una micro malavita indigena, agli occhi di cittadini medi e ministeriali romani non è un quartiere ospitale, è considerato vivamente evitabile. Attraversarlo di fretta dà più sicurezza, si pensa che lo renda meno pericoloso. Poi è pieno di barboni, mendicanti di vario genere, lebbrosi moderni. Siamo distanti dalle nobili vie del centro, dove sfrecciano le auto governative, con ricchi negozi al loro servizio dove i "potenti" spendono, si vestono, e si ornano dell'inutile costoso. Qui c'è l'umanità con l'U maiuscola, che cerca un modo per organizzare decentemente l'esistenza, molti rovistano ovunque per trovare una buona ragione per non morire. Blu mi guarda e sembra captare il mio pensiero. C'è anche violenza, quando arabi e africani si scontrano dopo aver bevuto alcool, distantissimo dalle loro culture, gestiscono il loro alteramento indotto con molto affanno, trasformando di frequente difficoltà in violenza. E noi assistiamo al grande spettacolo che scorre davanti ai nostri sguardi. Stamattina c'è diverso passaggio di uomini, scruto il loro abbigliamento, vestiti da piccoli borghesi. Una specie di divisa che viaggia e uniforma tutti questi piccoli affaristi che vivono a ricasco dei negozi orientali e arabi, commercialisti, azzeccagarbugli, venditori superiori, pronti magari in serata, nei loro locali da aperitivo, a schifare le razze qui presenti. È un classico metodo della borghesia criticare sempre chi non corrisponde alle sue norme convenzionali, stabilite dal loro buon senso, così lo chiamano. A me in realtà la borghesia mi ha fatto sempre schifo, nella sua ipocrisia, nell'eterna diffidenza sbandierando una falsa democrazia.

*Cara mia piccola e squallida borghesia, arriverà il giorno che consacrerà la tua fine, ne sono certo, hai creato il tuo aspetto fondato sulla falsità e ambiguità, privilegiando solo tuo benessere, sputando di nascosto sul diverso.*

Io e Blu aspettiamo che il cuoco della trattoria "da Raimondo" ci metta un piattino di plastica con qualcosa sulla piccola finestra di sbocco nel retro del locale, è vicina, appena girato l'angolo del recinto. Quando ci vede lo fa, è una usanza di molte cucine romane che aiutano disgraziati vaganti, fuori dalle loro finestre. È presto, di solito succede tra le undici e mezzogiorno. Un semplice fantastico atto di riconoscere l'esistenza di qualcun altro, e noi apprezziamo. Blu è il più intelligente del suo branco, sa che deve stare vicino a me anche quando non c'è cibo, cosi poi, quando arriverà, farà il vago, cercando di non dare nell'occhio, pensando di non richiamare l'attenzione degli altri. Ma spesso non è così. Le mattinate sono tutte uguali, sono solo differenziate dal maltempo, quando piove o fa molto freddo, devo riuscire a riparami, altrimenti godo, nonostante gli occhi perdenti, della bellezza del cielo, con i suo disegni assoluti, le nuvole che giocano nel grande cortile, creando disegni e coreografie in assoluta libertà. Il garrito dei gabbiani si fa sentire sopra di noi, questa isola verde dentro a un quartiere molto cementificato attrae questi uccelli. Mi danno l'idea di essere sbandati, il loro comportamento è simile al nostro, a noi dannati, perennemente in cerca di cibo, anche se con tutt'altra agilità. Fanno compagnia e allontano la solitudine a cui oramai sono benevolmente abituato. Sono stato sempre orgoglioso di essere nato qua, in questa città eternamente complicata, in passato mi ha dato molte opportunità, ma è stato molto faticoso reagire alla vita che mi ha offerto. Ha un sottosuolo molto positivo e una superfice sbandierata spesso attraverso un'ostilità e ignoranza fastidiosa. Quando andavo fuori per lavoro, tornavo sempre con grande sollievo, ho amato le sue accoglienze notturne, le sue scomodità, le sue benevolenze familiari diffuse ovunque, il suo cinema, i suoi lungoteveri. Ho sopportato l'abbondanza di chiese e ecclesiastici, che trovi dovunque, hanno occupato da secoli terre con prepotenza, mangiandosi la vecchia città. Sono qui all'angolo tra Piazza Fanti e Via Cattaneo aspettando i doni dei cuochi bengalini. Da quella finestrella esce sempre un fumo pesante e grasso, scacciato dagli aspiratori delle cappe, la finestra dove di solito poggiano i piattini di plastica, è il cibo che avanza dal pasto dei cuochi, prima di iniziare il servizio ai clienti. Di solito mangiano alle undici. Occorre ancora aspettare, un po' ho mangiato, ho ancora le patatine della bambina araba. Sono accucciato a terra, non raramente qualcuno passa e da soldi, anche se la piccola scodellina di plastica è sempre li in attesa di essere gratificata. Ho imparato a pazientare, ad aspettare ogni evento che il giorno offre, lui rispetta questa mia pazienza. Il mio rapporto con la fame è diverso da prima. Non avendo più necessità di alimentare energia per la mia mobilità quasi completamente assente, la fame è controllata, sempre dominata, sono anche vecchio e questo aiuta. Non è più come prima, quando mangiavo anche per conviviare, per incontrare gente, per colpire donne, per lavoro, ora mangio solo per non morire. Il mio vivere è solo un'anticamera della morte, non fa più paura. È una sensazione nuova, non sono più alla ricerca del superfluo, dell'inutile, questa è una grandissima ricchezza, quando me ne rendo conto accenno a un discontinuo sorriso. Di discorsi sulla gente che "muore di fame nel mondo" ne ho sentiti migliaia per anni, senza né capo né coda, convenienti e di facciata, azioni conseguenziali pochissime, certo gli occhi di bambini africani che non vedevano più per la carenza di cibo e di cure, mi colpivano, ma il mondo non ha mai virato verso una rotta diversa, indirizzata a giustizia umana. Qualcuno in questo paese sfinito, si rallegra quando ragazzi che attraversano i mari, con il miraggio di una vita decente, affogano e muoiono. La vecchia Europa è immobile difronte alle tragedie in mare, quasi per mettere al riparo la propria coscienza, senza mai cercare una soluzione che ci porti verso un mondo migliore. Forse è tardi, sicuramente lo è per me, cerco solo di non morire e forse non so neanche il perché. Un inconscio al sopravvivere mi fa trascinare lungo le strade di questa complicata città, eterna nei suoi ricordi, morente per il suo futuro.

Si è fatta una certa e mi avvicino alla finestrella, mi notano e parlano tra loro, mentre Blu mi controlla da dietro l'inferriata. Non esce mai dal recinto dell'Acquario, forse ha capito che può essere maltrattato, seviziato, per non dire di peggio. Blu è davvero uno dei pochissimi amori rimasti della mia piccola vita. Dentro nella cucina parlottano, ma non in italiano, oramai la maggior parte dei lavoratori delle cucine romane sono indiani o bengalini, con la cucina ci sanno fare. Ah quant'è buona la matriciana bengalina!! Alla fine hanno imparato, ma non di certo con pulizia, lasciamo stare, a me non tocca più diffidare di questo. Sono cortesi con me, probabilmente ricordo qualcuno dei loro parenti, do uno sguardo dentro la cucina, meglio non descrivere, a me va benissimo. Blu mi tiene sotto controllo, come fanno i gatti. Avanti e indietro sopra al muretto, come un equilibrista sul filo che attende applausi. Spettacolo vero, il sipario è sempre aperto. Prendo il piattino plastico, non so come ringraziarli e gli faccio un saluto con mani congiunte indianamente, un grazie universale. Questo è il loro dono, forse lo fanno più per loro che per me, ma mi va bene ugualmente. Oggi una fettina tipo il mitico saltimbocca, e un po' di rigatoni, Blu non mangia la pasta, la fettina la gradirà e me ne ritorno vicino a lui, mangiamo con calma, la fretta non esiste più. Non è poco. Mangiare insieme a un piccolo animale è puro amore, una bellissima sensazione, sotto questo splendido sole romano di primavera, anche se l'aria da queste parti è pessima, ma tutto il resto basta per assaporare a pieno il cibo regalatomi. Blu gradisce, con il suo modo quasi schifato, la bocca piccolina non è intimorita del boccone messo sul muretto. Facendo delle proporzioni è come se a noi per pranzo ci dessero 2 kg di pasta. Incredibile i gatti mangiano tanto, hanno il timore del domani, altra cosa che ci accomuna, ma la mia vecchiaia limita il mio mangiare, non mi dispero. Ora, come quasi tutti i giorni, tolte le mie date speciali alle vigilie delle feste, dove mi indirizzo in centro per pulire della ricchezza avanzata, mi sposto. Lascio Blu, gli accarezzo un orecchio cui manca una parte, residuo di un suo combattimento, e con il mio carrellino mi trascino verso il grande atrio della Stazione. Lo lascio al suo immaginario, aspettando lì gli avanzi dei pesci che non ci sono più. Io invece ci sono sempre. Lo spettacolo continua, non è ancora ora dell'intervallo. E mi avvicino al grande terminal, percorro la corta Via Cattaneo e mi trovo in via Giolitti, sempre lui lo squallido e perdente presidente del consiglio, pessimo traghettatore pre-ventennio, ora sono a ridosso dell'enorme stazione.

La stazione Terminale è grandissima, molto bella, inaugurata nel 1950, progettata dagli architetti interni delle ferrovie di stato, all'epoca fu una piccola vittoria italiana, con accesso alla vecchia metropolitana. È enorme, ariosa e luminosa. Sempre strapiena, difficile attraversarla al suo interno, noi non siamo graditi, ma stamattina ci proverò ugualmente. Costeggiando Via Giolitti si arriva di fronte all'enorme entrata aperta dell'atrio centrale, si possono notare dall'altra parte della strada piccoli scorci di capitali orientali. Si trovano angoli con micro-negozi e piccolissimi ristori con prodotti tipici da paesi lontani, con il caratteristico odore dell'olio di colza sfritto. A me non dispiace, ricorda quando da giovane viaggiavo errante per la vecchia Europa e Oriente, cercando di capire le mie origini occidentali nelle sue diverse forme. La gente è tanta, tutta indaffarata per il viaggio, con borse o borsoni, poi ci sono, all'entrata un discreto numero di disperati, froci, ladri e intoccabili. Ci provano a tirar su qualche soldo, vendendo e proponendo il nulla. Mi soffermo all'entrata, è un momento clou di questo spettacolo che ho la fortuna di vedere da due punti di vista, da spettatore e da attore. Meraviglioso. Stranieri provenienti da tutte le parti del mondo, non dimentichiamo che Roma è una delle città più visitate al mondo, e qui all'inizio dell'atrio, l'umanità sembra aver dimenticato l'odio tra le razze, o il disprezzo verso la diversità, l'umiliazione tra potenti e deboli, ma in realtà è solo debole apparenza che nasconde, comodità e indifferenza. Vedendolo nella sua interezza, ha le forme di un grande immenso "mucchio selvaggio". Due poliziotti viaggiano velocemente con un apparecchio da equilibristi circensi guardano ovunque, se ne fregano di tutto. Quello che riesce a colpirmi di più è il frastuono, tra gli annunci amplificati con voce distorta, insieme al tremendo rumore dell'umanità, sordo ma internso. Io sono qui con il carrellino, le mie croste, la mia implacabile malattia, che è l'unica cosa che cresce insieme ai miei anni, difronte a questa immagine di gente che corre, si dispera, si diverte, indifferente e priva di occhi, sembra. Cercherò di attraversarlo questo enorme atrio, per raggiungere la parte opposta in Via Marsala, poi andando direzione San Lorenzo, inizierà l'"*inferno parte prima*". Cerco sempre di passare esternamente, costeggiando l'imponente biglietteria dove si trova l'immensa distesa di taxi e viaggiatori spazientiti, li incontri abusivi che ti scacciano, normalmente non vogliono gli ultimi sudici in mezzo ai loro sporchi affari e truffe giornaliere, nessun controllo, per la comodità di qualcuno. Sono loro i veri sudici, il loro lavoro basato sull'inganno. Io sono come sono. Questa mattina attraverserò il grande arioso atrio con la mia calma senza scelta, spazio sempre molto sorvegliato e sono pronto ad esser cacciato, la storia brutta ritorna prima poi. La polizia non vuole la gente come me, la tollera solo all'entrata e non sempre, ma no al passeggio dentro. Ci provo lo stesso. Quello che noto, per la maggior parte, è un grande numero di gruppi, molte famiglie. Mi fermo un attimo davanti alle prime scale mobili che portano sia sotto sia sopra, penso alla mia solitudine. Al sogno di quando avevo creato una famiglia, tentativo abortito più di una volta, evidentemente non era il mio destino. Certo quando vedo i nuclei con figli, agganciati all'amore dei più grandi, penso a un benessere andato, scomparso da molto nella mia vita. Ma questa società ha fallito, la famiglia è il primo vero tentativo dell'uomo di erigere come valore assoluto l'egoismo. Dentro di essa, si vive bene, o almeno si tende a farlo, fuori chissà, forse non lo meritano, si dice spesso. Le famiglie felici sono forti, ma l'uomo no, la società che si basa su Dio–patria-famiglia (si sa da che pulpito viene), ha i valori di chi ha fatto trucidare e morire milioni di giovani. No! La mia idea di società perfetta è basata sulla totale apertura e lo scambio tra essere umani, tra ceppi e nuclei diversi, anche nati in posti opposti e lontani. I "nostri" figli, sono figli del mondo, non solo nostri, sono figli dell'intera umanità. Allora guardo queste famigliole con tenerezza, ma immagino la loro privazione, il loro tenere alla chiusura e protezione, scambiata spesso per la preservazione della specie, si vede qui, dove camminano come se fossero un'entità unica, non sanno cosa si perdono nell'aprirsi e concedersi totalmente. Il valore di un'*Umanità Nuova*, il mio sogno che di certo non vedrò realizzato. Riparto

trascinandomi, la gente è moltissima a quest'ora, cercherò con calma di evitare divise diverse per non essere identificato e cacciato, più di quello non possono fare, non ho dimora, né documenti, l'ultimo lo buttai in un tombino appena decisi di vivere per strada. Da allora almeno non possiedo più una casa, non ricevo più nessun tipo di posta, non ho telefono, non sono rintracciabile da nessuno. Questa è un'infinita forma di libertà, conquistata a caro prezzo ma è mia. Bellissima. In quest'assurdo enorme posto luminosissimo, pieno di vetrine e schermi sospesi, dove si annunciano dovunque affari sensazionali, vendite straordinarie, acquisti unici, telefoni gratis venduti a pezzi, proprietà condivise, io non ho nulla e non mi interessano assolutamente i loro oggetti. Mi fermo di nuovo, all'altezza del secondo gruppo di scale mobili, guardo tutti e mi rendo conto che non sanno della mia ricchezza. Mi sovviene una delle più belle frasi della letteratura di tutti i tempi:
"*io sono io e voi siete tutti*" (dal maestro di San Pietroburgo), città dove sono stato molte volte, esperienze fondamentali per la mia esistenza, ma questo è un altro racconto. Invece mi giro e mi dirigo verso la biglietteria, vetrate ovunque. È tanto che non ci passo. Non la riconosco neanche, piene di macchinette, stracolma come tutti gli spazi di questo grande chiesa senza altare. Riconosco un'isola centrale perimetrata da vetri, vetri ovunque, tutto a vista. Una grande libreria alla luce del sole. Vecchi ricordi, ora non leggo più, non ho soldi per comprare libri, né

nient'altro, non potrei neanche più leggere per i miei occhi e la mia malattia. Una volta leggevo molto, mi soffermo e guardo l'infinita vetrina che circonda il negozio. Qualche viaggiatore mi guarda e sorride, pensando che all'interno del mio costume malandato ci sia solo ignoranza, Poveretto… è molto che non vedo una libreria, in bella mostra tutti libri con volti degli autori, copertine scontatissime, solo di richiamo. Volti stampati in parte conosciuti. Personaggi che non avrei mai creduto nella loro qualità da scrittori. C'è di tutto, mi inquietano molto, cominciando dai capifila del paese. Squallidi politici, vallette televisive, calciatori, servi giornalisti, scrittori inaspettati, di tutto, i miei giudizi finiscono dentro di me senza uscire. Non è possibile, ma dove sono finiti gli scrittori che hanno cambiato il pensiero dell'uomo facendolo crescere? Di fronte a una vetrina di questa libreria ti rendi conto, della regressione del pensiero umano. Gente che si ferma a guardare libri vuoti solo venduti per l'immagine di un nome, scritti da altri su commissione, ho compassione per loro. Non devo emanare un grande odore, inevitabile, perché molti dopo aver sostato, appena avuta la percezione della fragranza, se ne vanno, e hanno la stessa faccia di quando hai rischiato di esser messo sotto sulle strisce pedonali, e l'hai scampata. Pazienza, non si schifano di certo difronte a questi inutili volumi scritti per dispetto, editati solo per motivi bassamente commerciali, se ne scappano perché un uomo, o quello che ne resta, gli fa schifo e puzza, a me fa schifo il loro pensiero, l'assenza della riflessione. In questo grandissimo mausoleo, la gente sembra essere telecomandata da un'unica voce. Dopo l'ennesima visita ad apparati e ornamenti di una società che non mi appartiene, decido di andarmene, evitando con cura di scontrarmi con i viaggiatori, mi dirigo verso l'atrio per conquistare l'uscita di via Marsala. Devo stare molto accorto, e lo sono, la ragione e la memoria sono le uniche cose rimaste intatte del mio corpo. L'anima o lo spirito (non credo di averne mai avuto il possesso) non li avverto. Non credo, sono un materialista ortodosso, penso che finito di consumare questi miseri resti, finito il processo cancrenoso di queste croste che ricoprono alcune parti del corpo, non rimarrà nulla di me. Almeno lo spero, non vorrei che un eventuale spirito fallisse come ho fallito io. Nell'eventuale assurdo caso di una continuazione, presumo ancora molte sofferenze, tribolazioni, ingiustizie? Meno male che sono solo materia, mi avanza già questo. Per un attimo mi fulmina in testa la domanda: chi si prenderà cura dei miei resti (miseri)? Mi guardo intorno, vedo centinaia e centinaia di persone in movimento veloce e mi rassicuro, qualcuno ci sarà, almeno per non essere infastiditi dai disturbi cadaverini. E riparto sereno. Sono vicino alla spaziosa entrata, poi ci sarà un tuffo nel nulla, in una delle parti più crude di questo infinito spazio comune. La bellezza attraversa il mio sguardo, si riflette nei miei occhi, le mie pupille riescono ancora a riflettere, ma non splendono, la bellezza di molte donne super accessoriate e modificate passa innanzi senza neanche un minimo cenno di approfondimento verso di me. È come se fossi trasparente, opaco, invisibile. Sono tutte molto curate all'esterno, la bellezza femminile oggi è intraprendente e aggressiva. Nel tempo passato ricordavo più misurazione nel loro apparire, quando ancora frequentavo il genere. Oggi per me è impossibile essere avvicinato, mi basta il vissuto per godere gli effetti fantastici della vicinanza femminile che ho spesso onorato. In questa grande confusione cerco di evitare incroci pericolosi con sbirri o questurini, so che gli creo problemi e loro ne creano a me. Sento il carrellino trascinato e rumoroso, guardo il pavimento, la ruvida gomma posta a terra crea il rumore, la controllo e incrocio lo sguardo sulle mie scarpe. Qui c'è da ragionare a lungo. Le mie scarpe sono impresentabili lo so, ma non è una scelta, è una delle tante debolezze conseguenti di questa vita, lei ha scelto me. E io ho scelto lei. Sono delle scarpe tipo ginnastica, pseudo moderne, un numero più grandi, me le ha regalate una donna anziana circa tre mesi fa, ero all'angolo di Via Merulana, si è avvicinata e mi ha detto «le accetta?».

Ho risposto «certo grazie, grazie...grazie». e si allontanò, teneva per mano una sua nipotina, presumo, vista l'età. Aveva sicuramente vissuto la guerra in questa ambigua capitale, qui la guerra ha lasciato dei segni ancora percettibili, ha oscurato la luce per molto tempo, ha sbiadito i colori, distrutto sapori e odori sani, ha modificato le menti per decenni. Quelle che avevo indosso erano scarpe indefinibili, le avevo prese da un cassone dei rifiuti. Dentro il carrellino ho una di quelle racchette, non sono proprio racchette, servono per camminare in montagna forse, senza manico, l'avevo trovata buttata vicino a un altro secchione dei rifiuti, inesauribili scatole magiche. Con quella ho imparato a rovistare nei grandi cassoni degli eterni rifiuti romani, l'avevo visto fare a Buenos Aires, quando sono stato negli anni 90, una marea di gente rovistava ovunque con lunghi ferri o bastoni dentro i cassoni, dopo il default di stato. Erano tanti, scene da togliere il fiato. Le mie scarpe vecchie erano di misura giusta, sotto sfondate, di pelle, con stringhe, rese un po' dure dal tempo, ma si lasciavano portare. Mi hanno aiutato a vivere, non senza dolore, poi l'uso senza soste hanno abituato i miei piedi alla loro presenza. Ora ho quelle che mi ha donato la signora gentile, sono più comode, ripeto tipo ginnastica o running, come si usa dire oggi, hanno un difetto sono chiare, un giallo timido. O meglio erano gialle, ora sono un insieme di colori scuri indefiniti, sbandierando un sudicio onorevole ai quattro venti e non hanno un buon odore. Forse fatte con le mani di qualche bambino nel lontano oriente falsamente ricco, prodotto italiano c'è scritto da qualche parte, ma costruite altrove a migliaia di chilometri, dove industrialotti del nord vanno e vengono, esternando le loro false virtù nel condurre affari, dietro c'è uno sfruttamento epico, confinante quasi sempre con la schiavitù. Mi tocca portarle, ho solo queste, guardando le scarpe di tutti questi viaggiatori affrettati, mi rendo conto della mia povertà e della mia debolezza. Ma all'improvviso sento che posso camminare con fierezza, a testa alta, per modo di dire, ho anche la schiena curva e un'artrosi divorante, ma in realtà il mio indossare queste scarpe senza vergogna è una grande virtù che possiedo. La virtù di non vergognarsi del proprio stato in una società che ti obbliga a modificarti per il solo apparire, la virtù di sfidare tutte queste genti che mostrano il loro falso potere con gli indumenti e accessori, che secondo il costume attuale, dovrebbe misurare la loro cultura e potenza. Confusione più totale, la mia è vera virtù, essere esattamente come sono, la mia grande virtù di non abbassarmi dietro le leggi ipocrite di questa società tumefatta dalla prepotenza dell'uomo, e anche se il mio essere, è un continuo di privazioni, un insieme di difficoltà dolorose, la mia mente è funzionante, il mio pensiero non è appannato come credo sia il loro. Questa è una virtù! Più forte di prima, mi riavvio verso l'uscita di Via Marsala lasciando questo posto che in me riesce ad entrare dentro gli angoli più remoti. Il viaggiare è stata sempre la mia energia. Ne avevo fatto sin dall'inizio nella mia frettolosa gioventù la predominante assoluta. E qui in questo tempio il viaggiare è il vero motore che spinge tutti a correre, ben nascosto dietro di loro, come lo è stato nella mia vita. Quando non viaggiavo per lavoro, obbligato dal meccanismo a cui non potevo felicemente sottrarmi (sempre praticamente), facevo

viaggi solo allo scopo di conoscere e capire l'umanità, molto faticosi. Non ho mai viaggiato per rendere ad altri la possibilità di considerarmi più o meno agiato, per farne un modo di riconoscimento sociale, diffusa molto di più in provincia, ma semplicemente per conoscere l'enigma umano, i suoi limiti, le sue contraddizioni variabili da una parte all'altra del mondo. Un compito arduo e incompiuto. Ho smesso con questa vita, ora questo è il viaggio nel perimetro che qui sto descrivendo.
Sono arrivato alla più volte citata uscita, lasciando i viaggiatori, forse tornerò a giorni come spesso accade nella monotonia di questo percorso obbligato, mentre il vero "viaggio" ha lasciato me per sempre.

In fondo viaggio tutti i giorni con lo spettacolo a cui assisto, sempre lo stesso mai uguale. Ora l'umanità la controllo e la osservo meglio di prima, entro nei dettagli, a volte mi appare trasparente, io invece mi sento opaco, quindi esonerato dalla forma dei doveri sociali. Appena imbucata Via Marsala, mi rendo conto della profonda differenza, comparando l'altra entrata speculare in via Giolitti. Qui c'è una diffusione abbastanza diversa, meno negozi multietnici, sempre numerosissimi gli alberghetti senza approfondimento di qualità. Palazzoni fine secolo scorso, la Roma papalina centrale, tutto sembra meno affollato, sarà forse perché ci sono numerosissime caserme con annessa questura. La lunghissima pensilina costeggia il lato dell'immenso edifico ferroviario, riparo per tantissima gente. A quest'uscita o entrata, si fermano molti taxi, scendono turisti, passeggeri, affaristi, un buon posto per chiedere soldi, se non fosse per il pullulare di guardie d'ogni genere, dal pubblico al privato. Allora vado via e piano mi avvio verso la pensilina, dove più avanti c'è "inferno *parte prima* ". Questo lato è più agevole, meno frequentato da normali, ma il bivacco degli intoccabili, è quasi fisso. Ora una dei tanti problemi da barbone si fa pesante.

Devo urinare, e per uomo vecchio il problema non è di poco conto. Anche le cure per le mie diverse malattie, compresa la più letale, non sono mai sistematiche, sono sporadiche e lascio che la vita prenda possesso del mio corpo sfinito, senza nessun timore. Avevo degli occhiali ma ora non più, ho perso il nitore nel guardare i tramonti, o le albe, quando veglio su me stesso. da lontano vedo discretamente ma il buio mi uccide, senza la luce del sole non esisto quasi più. Urinare, con l'altro bisogno corporale, è sempre una sfida, è dura, si fa dove si può con i "normali" che assistono e disprezzano questo aspetto del degrado umano che appartiene a tutti. Perché i bagni sono a pagamento? Perché non esistono più bagni pubblici? Un aspetto molto discutibile in uno stato che sbandiera la sua grandezza e l'avanzamento della società civile (?). Ed io ringrazio la splendida società, a modo mio. Lascio immaginare. Per un vecchio come me urinare è un'esigenza continua, i disperati che vivono a ridosso della Termini, sono vecchi essendo giovani, hanno accelerato il percorso vitale, mangiandosi gli anni a disposizione. Il problema è comune a tutti noi disperati. Esistono i bagni nella mensa serale di Via Marsala, dove più tardi spero di fare un pasto decente, e dove assisteremo a una specie di intervallo di questa rappresentazione senza finzione. Apre solo nel tardo pomeriggio, e non basta. È durissima vivere in questo modo, ma è una scelta obbligata, quando da "normale" notavo barboni seduti a terra con i loro fagottini, borse piene di un nulla importantissimo, mi domandavo incuriosito il loro svolgimento del quotidiano. In qualche modo ne ero affascinato. Forse era destino, ora le risposte le ho tutte e sono molto diverse dalle mie immaginazioni precedenti. Le condizioni che vivo sono pesanti, uniche come la scelta che sono stato obbligato a fare, non totalmente. E qui nasce una domanda che forse non troverà mai una risposta: cosa spinge un uomo a vivere questa condizione? Una domanda che ci porremmo anche più avanti, appena entrati nell'"inferno *parte prima* ". In questa parte della via, direzione porta di San Lorenzo, ci sono alcuni terminal di bus privati per gli aeroporti della capitale. Piccole file di turisti, giovani molto obesi dei paesi nordici, con tibie bianchissime esposte, noi vagabondi del male non corriamo rischi all'obesità, tolti gonfiori addominali da chi abusa di alcool. Vengono a visitare l'"Eterna", con i suoi splendori lontanissimi e le sue sporcizie odierne, qui da questo lato, l'*inferno* è molto vicino. Passa un furgoncino pubblicitario, sbandiera gli spettacoli di un circo, sistemato in periferia. Lo spettacolo nello spettacolo. Il circo amore totale nei miei pensieri infantili, ero affascinato dalla vita girovaga senza riferimenti e radici, mi sembravano uomini impastati con un'altra materia, un coraggio diverso da quelli che mi circondavano quotidianamente. Quando passavano nelle zone della mia infanzia, andavo fuori dalla recinzioni a vedere la custodia discutibile degli animali. Guardavo abbacinato le carrozze dove vivevano e m'immaginavo cose fantastiche, chissà? Mi domandavo come fossero i loro gabinetti, dove cucinavano, poi vedevo sfilare tutti gli inservienti, tutti stranieri con colori strani, arrivati da paesi distanti migliaia di chilometri. Un mondo fatato, intorno a una grande piazza ricoperta da un tendone di plastica, bicolore a strisce. Colori per rallegrare chi vede, dovunque luci a effetto. Mangiavamo le ore, noi bambini a guardare, in quell'isola senza leggi all'interno della normalità con la legge diffusa. La scuola elementare, ci portò a vedere uno spettacolo mattutino, un matinée, un nome elegantissimo, che in noi bambini aveva il fascino di una fiaba da scoprire. Bellissima poteva essere l'infanzia che non è stata, toltami di prepotenza, goduta molto raramente. Peccato un'occasione persa, mai più tornerà una seconda volta. Secondo me gli spettacoli mattutini fatti per i bambini sono contro natura. Hanno un sapore diverso, gli artisti fanno trasparire una voglia obbligata, quasi assente, un rito dovuto, poi quando ognuno di loro entra dentro il proprio numero, magari si fanno coinvolgere e riescono a trasmettere un minimo di autenticità, almeno a sprazzi. Il numero della logica circense è quello del domatore. Mi affascinava il montare la gabbia dei leoni in due minuti, passavo tutto il tempo a pensare: e se cadesse la gabbia circolare? Mi piaceva anche il lavoro dei montatori, con quel costume buffo, divise con alamari stampati, costumi sgualciti, privi da tempo di cura, sembravano automatizzati, ero affascinato. Entrava poi qualche leone, dal vedere sembravano vecchi, artritici, quasi impossibilitati ad alzare zampe a comando, figuriamoci ad aggredire il loro comandante, sicuramente erano drogati, conoscendo la materia, sembravano rassegnati al loro ruolo. Non davano mai l'idea di essere pericolosi, si avvertiva chiaramente, almeno per noi bambini. Ma il numero fondamentale che mi lasciava completamente privo di difese, nudo difronte dell'inutile, orfano della ragione, era il trapezio. Nel vedere quell'acrobazie ero ipnotizzato, mannaggia durava poco, lavorare la mattina deve essere stato difficile per loro. La bellezza dei corpi plastici volanti mi davano la sensazione della assoluta libertà che l'uomo, volendo, può ottenere quando insiste. Nella mia piccola incolpevole mente di bimbo non riuscivo a capire come potessero arrivare a tanto. Circondato da gente, che nell'immediato dopoguerra pensava a tutto, meno che a volteggiare in aria. Le acrobazie erano tutt'altre, c'era difficoltà nel vivere. Il numero del trapezio mi coinvolgeva e sognavo di poterlo fare un giorno, per un po' di tempo ero come incantato da quella vita e sognavo di andare via con un circo, di scappare con loro, invidiavo quella vita senza limiti. Non ho mai avuto paura della vita, altrimenti non avrei potuto fare il barbone. Anche io ho le mie piccole consolazioni e rivincite! Il circo, grande veicolo di fantasia dove l'immaginazione viene impaginata in uno spettacolo per tutti, una grandissima forma d'arte senza tempo che avrebbe bisogno di più rispetto e riguardo.

Moltissimi grandi del cinema e delle arti gli hanno reso il giusto onore. Uno dei migliori film visti nella mia vita precedente è sicuramente " Freaks" dei primi anni 30. Assoluto capolavoro, forse tra i più riusciti di tutti i tempi, dove poi il maestro Jodorowsky attinse per i suoi capolavori sublimi. Mi sono perso dietro i miei ricordi del cinematografo, ah se la gente che mi vede così potesse immaginare cosa mi attraversa il cervello! Tutti noi dovremmo pensare più spesso al pensiero di chi ci è difronte, può essere una sorpresa approfondire. Amo la fierezza del circo, anche attraverso la sua modestia, spesso subordinata alla spavalderia di altre forme d'arte, lo hanno spesso rilegato una bassissima virtuale classifica delle forme artistiche. Tutto questo ha spesso contruibito ad erigere il teatro come forma d'arte, il mondo li perdoni, io non posso perdonare. Il miglior testo teatrale, dell'immensa maestria di Eduardo, è insieme a Filomena Marturano La Grande Magia. Secondo me il circo inspirò l'immortale artista. Com'è fragile il mio pensiero. Basta un furgoncino pubblicitario per scavare e riportare a galla resti archelogici della mia vita. Basta poco per riuscire a volare e quasi niente per tornare a terra. Ora riprendo il mio percorso abitudinario, mi rimetto in cammino lungo la pensilina che sembra costruita per me, quando piove e fa brutto tempo è un ottimo riparo, e mi dirigo verso l'inferno!

*inferno parte prima o* (ciak: inferno prima)

La superficie unta del marciapiede dà l'idea del pavimento di una cucina sporca, di una trattoria mal gestita. In realtà qui c'è veramente sporcizia dovunque, non passa mai nessuno a pulire, zona sopportata malamente da tutti i romani e non, meglio se non fosse mai esistita, i suoi colori spenti, con le sue umanità andanti, il suo aspetto sgradevole ma sincero, la sua musica e il suo odore insopportabile. È diventato oramai da tempo un posto da stazionamento di disperati intoccabili che vivono e spesso muoiono qui. Ci sono persone che conosco, non posso definirle amici, non abbiamo grandi legami, tra noi siamo tutti concorrenti, l'unica vera amicizia che abbiamo è la sopravvivenza, alcune volte la sopportiamo, altre la detestiamo. Il gruppo, c'è né più di uno, che mi appartiene di più, è composto da Marthe, Pizzo, Giuliano, Amy, Raffaele, Errico (non Enrico). Sono finiti all'inferno da tempo, come me, ma io alcune volte riesco a salire in "superfice" a prendere una boccata d'aria. Hanno deciso, una volta entrati, di non uscirvi più, desiderano essere loro direttamente i registi di questa scena e assistere ognuno alla rispettiva fine. Il sipario per loro una volta aperto si è bloccato, si chiuderà di nuovo forse una volta sola, semmai si sbloccherà, per non riaprirsi più.

La scena che ho difronte è una delle parti più crude di questo show senza regista. Di solito sono sei, sfiniti dalle difficoltà, ma persistono con una tenacia e una forza che non ha pari. Sono spesso violenti, la loro violenza va interpretata, assume solitamente un aspetto primordiale. Le loro mini-aggressioni, le botte senza forza e cattiveria ma improvvise per una busta di vino o una parola traversa, sono molto simili agli atteggiamenti degli uomini primitivi. Questo ho pensato le prime volte che li ho visti litigare. È una loro tipica comunicazione, sono in un perenne stato privo di chiarezza, un'oscurità eterna, un'ossidazione del pensiero, non credo che ne verranno mai fuori. Sarà la morte a renderli finalmente liberi. Sono sempre qui, dormono qui, i loro passati sono duri e lontani, hanno lasciato il segno. Mangiano qualche volta, ma non sempre alla mensa serale, dove dopo andrò, bevono sempre pessimo vino, sempre quando possono. Il loro pensiero fa parte di quella bellissima analisi affrontata ed esposta da uomini fantastici tipo Fanon e Basaglia, per citare i miei migliori riferimenti della vita precedente. La psichiatria partorita dal disagio umano. Le difficoltà di una classe dimenticata e deumanizzata, che vive ai margini di un mondo crudo e senza comprensione. Oggi assistiamo al restauro di valori, di come la storia di un secolo fa ci insegna, hanno provocato guerre mondiali e lo sterminio di milioni di persone. Ora siamo tutti abitanti di un pianeta stanco, dove le classi sociali sono sempre più differenti, un pianeta privo di spontaneità, il cui faro è la falsa democrazia americana. L'orribile e assurda democrazia che ha eletto una delle persone più ignoranti del pianeta, popolo malvagio e arrogante, ha la pretesa di mettere le mani ovunque, di interferire in tutte le forme di potere sparse per il mondo. In questo piccolo angolo della capitale in menopausa, vive questo gruppo di sfiancati da perdite uterine sporadiche, oramai autenticamente indigeno, loro sono gli ultimissimi, forse un gradino di sotto al mio penoso stato. Non hanno più occhi per vedere, né orecchie per sentire, il loro modo di vivere è oramai unico, comunicano pochissimo anche tra loro, lo fanno solo nei momenti di difficoltà estrema, tipo il freddo della notte o la fame di cibo, non quella di vino. La fame di vino è solo un tentativo di deviare i propri pensieri verso una direzione più superficiale, apparentemente. È una fame di pensiero, artificiale, molto chimica, che esce centellinata da fetide buste di cartone, riempite di liquido fotografato accanto al vino. Qui sotto la lunga pensilina di Via Marsala, dormono, mangiano, pisciano, si toccano senza vergogna, non gestiscono i loro escrementi, vivono in un mondo gratuito e senza muri, non amano più, non sono più in grado di accettare carezze, dipingono un pianeta tutto loro a tinte forti, senza mezze misure. Ci vuole coraggio, sono su un altro livello, il mio interagire con loro è rugginoso e complicato, delimitato da filo spinato, ma mi sopportano e accettano. Non vogliono che entri nel loro perimetro fisso, ma sopportano il mio passargli accanto, sanno che sono vicino alla loro condizione. È tutto molto simile al comportamento dei gorilla che con indifferenza e superiorità sopportano il passaggio di altri animali, tollerando l'invadenza nei loro spazi, sapendo che si tratta solo di frammenti di tempo, non di una presenza persistente. Sono comunque una mia certezza quotidiana. Per loro sono un'entità che fa parte della loro foresta all'interno di questa jungla metropolitana, completamente indifferente. Piano, piano, entreremo dentro le loro vite massacrate, ancore terrene in parte, conosco le loro valli, le montagne che hanno scalato, le grotte dove si rifugiano, le fosse già scavate per la loro sepoltura, sono pur sempre uno di loro, solo che ancora non ho sganciato totalmente gli ormeggi, io sono in un mare aperto, ma ancora nel perimetro del porto. Ritorniamo alla loro violenza, vedendoli a prima vista sembrano innocui, hanno un concetto di violenza particolare, loro conoscono quasi esattamente la data della loro morte. Sanno che non durerà a lungo, le malattie contratte "all'inferno" li eliminerà senza pietà. Questo è un nodo molto importante di questo show, in fondo queste persone che viaggiano, attraversano di corsa, partono, passano accanto a loro, anche se a dovuta distanza, la conoscono la data della propria fine?? Potrebbe essere una ricchezza acquisita. Si pensi per un attimo se ognuno di noi conoscesse la data della propria morte. Sarebbe un altro vivere, un amare diverso, le decisioni peggiori l'uomo le ha sempre prese ignorando queste

tempistiche, il termine di definizione temporale della propria esistenza, pensa di essere immortale! Noi tutti, io da un po' di tempo no, pensiamo di non morire, preferiamo scartare i pensieri inerenti alla fine. Questo è uno svantaggio? Ne dubito. Beh i miei amici intoccabili hanno questo vantaggio, la coscienza del loro restante li porta a demolire tutti i limiti imposti, a cancellare le formalità, gli orari conosciuti. Ecco perché danno un altro peso alla violenza, essa non è più un veicolo di dolore o sofferenza, è solo uno dei tanti atteggiamenti normali dell'uomo, come mangiare, pisciare, dormire etc. Sono i "normali" che si nascondono dietro dei paraventi improponibili, dove allocano una forma di serenità falsa e costruita.
Descriviamoli a uno a uno, partiamo da lei:
Marthe
Viene dalla Spagna, parla un italiano con accento spagnolo, senza doppie, scambiando i generi, ma mi sembra di aver sentito, una volta da Giuliano, che fosse di Tarragona, o giù di lì. Sui 40-45 anni, difficilissimo capirne l'età, peserà 35 kg, quello che ne è rimasto. Sembra pacifica ma non lo è, alta molto poco, capelli rosso bruno impestati dal bianco dovuto. Gote rosse, bruciate dall'alcool, graffiate dalla vita, unghie nere, beh anche le mie sono della stessa tinta, lo sporco addosso diffuso ovunque, unghie annerite da un sudicio antico. Ma ha un'energia ancora non esaurita, deve aver avuto occhiali, quando t'incrocia con lo sguardo, costringe la faccia a uno sforzo supplementare per centrarti. È molto aggressiva, cerca

sempre di scacciare tutti quelli che si trovano nel suo raggio d'azione, stabilito in un paio di metri circolari. Vive tutto il tempo qui all'inferno, defeca, urina, mangia in zona, qualche volta viene alla mensa serale, ne siamo a ridosso. L'inferno è qui. Una trentina di metri dall'uscita di un noto supermercato, ospite, si fa per dire, negli spazi immensi della stazione, con accesso diretto su Via Marsala. Qualcuno esce impietosito e lascia sempre qualcosa, Marthe alcune volte accetta, altre disprezza senza un minimo di paura. È la gente come lei a far ricca la terra, non è una zingara felice, ma una zingara sincera, non ha paura di nulla e non si vergogna di niente. È ricchezza pura. Spesso canta, deve essere stata molto intonata nei tempi passati, sempre con il cartoncino di vino in mano per andare avanti, l'amico fedele. Canta spesso una canzone a modo suo, che ho riconosciuto, un po' di memoria me la permetto ancora, deve essere Creep dei Radiohead. Brano mozzafiato, che tocca corde nascoste e lei riesce a tirarle fuori anche da chi ascolta, spesso distorce e stona, quasi volutamente con cattiveria, per impedirne l'ascolto. Marthe deve aver avuto un buon rapporto con l'eroina, ne dev'essere uscita malissimo, devastata fisicamente e con cicatrici immense, ma la sua sensibilità no, quella è rimasta la stessa, ha l'innocenza che hanno le bambine, l'ha conservata segretamente. Vederla ridotta cosi, completamente alcolizzata per strada, è un delirio devastante, ma comprensibile per chi ha litigato con questa vita. Non ha più sesso, la vita glie l'ha distrutto, è angelicamente pura, non ostenta più nessuna vanità. Pazienza non deve essere stata brutta, è orribile come la vita spesso sia impietosa, e non per tutti.

Pizzo

Pugliese, piccolo, il più vecchio del gruppo. Una cifosi, avanzatissima l'ha reso curvo, con il volto sempre direzionato al suolo. Ecco perché chiede i soldi a tutti e tutto, con la mano protesa verso le prede passanti. Piccolo, sporco davvero all'inverosimile, nella mano sinistra tiene sempre una busta di plastica del mercato vicino. Dentro tutta la sua vita. Emana un odore impossibile, costringe il mondo a tenersi a debita distanza. Veramente un intoccabile. Poi è il più buono del gruppo, o il meno aggressivo. Unito agli altri come da un cordone invisibile, non si allontana mai dal gruppo e dal suo inferno. A differenza di Giuliano sembra non aver frequentato nessun tipo di scuola. Il suo nome Pizzo, è il soprannome dovuto al suo atteggiamento petulante nel chiedere denaro. La violenza non lo riguarda, il suo corpo è alle strette e non gli permette più nessuna velleità belligerante, ne ha coscienza. Tra tutte queste disgrazie che lo rendono impresentabile e inavvicinabile, ha una qualità, è talmente particolare che non si può non notarlo. I colori scuri mischiati agli indumenti, raramente cambiati da qualche donatore, e allo sporco, incuriosiscono questo uomo, diviso in due, cammina perennemente con la metà superiore ricurva. Della faccia si possono notare solo la fronte rugosissima e i suoi occhi intelligentissimi pieni di sofferenza e storia, difficile da incontrare in altri uomini. Deve aver passato di tutto, ha abitato in zone torbide, deve aver assistito a ogni forma di violenza, tutto ciò gli fa sopportare con serenità la sofferenza atroce procurata dalla sua mostruosa disabilità. Questa miscela stranissima lo rende unico e quindi lo si nota in mezzo al gruppo infernale, questo girone senza nome o forse potremo definirlo il girone degli intoccabili. Rimane in assoluto il meno aggressivo. E in qualche modo gli sono affezionato, o meglio il giorno che non dovessi vederlo più, lascerebbe un piccolo vuoto in me, uno dei tanti vuoti presenti nel mio sacco di ricordi e vissuto. E ora tocca a:

Giuliano

Giuliano, molto probabilmente non è il suo nome originale, ma si fa chiamare così, qui all'inferno l'uso dei soprannomi è diffuso, siamo nati in un modo e ora siamo altro, la vita divisa in fasi nettissime. Dal parlare è sicuramente toscano, ma non so distinguere di dove esattamente, anche il dialetto toscano ha molte declinazioni difficili da decifrare. Deve aver studiato, alcune volte sembra esporre esternamente la sua stranissima saggezza. Diciamo che spesso si veste nei panni di arbitro, quando improvvisamente e apparentemente senza ragione ci sono colluttazioni, qui "all'inferno". Divide i suoi vicini, cerca di appianare attriti inesistenti. È il virtuale portavoce del gruppo. Quando alza il tono incute timore, quando si accorge di essere notato aumenta il suo aspetto, come fanno alcuni animali per attrarre le femmine in calore. Avrà una cinquantina di anni, anche qui complicato deciderne l'età, le braccia sono piene di buchi, non so quando e come faccia, ma ancora forse usa e abusa della malvagia droga. Non so se sono vecchie cicatrici o buchi recenti, comunque ha le braccia massacrate, ma la mente no, la faccia sì. Canizie sparse, occhiaie profonde con calamari perenni, rughe profondissime segnano il volto sofferente. Di media statura, non magrissimo, muscoli disoccupati lo attraversano e danno un'idea di una decenza corporea molto lontana. Persona indecifrabile sembra aperta ma in realtà è impenetrabile, dà l'idea di aver vissuto un grosso trauma, i suoi discorsi slegati rimangono sempre come sospesi, senza fine, semmai hanno avuto un inizio. Un linguaggio molto complicato, è un personaggio difficile, con diverse modalità, alcune volte è limpido come un'alba di maggio, altre, oscuro come un tramonto a novembre. Qualche volta si riesce a interagire con lui, ma quando il vino, quel liquido quasi infiammabile che deglutisce senza pause giornaliere ne prende possesso, si dirige verso una direzione spaziale, si allontana da tutto e da tutti, passa a una dimensione sua, personale univoca, che non ammette intrusioni.

Il tempo si è imbruttito, un colore grigio ha scacciato il cielo del mattino, tuttora sembra grigio o blu scuro. In quest'angolo sembra tutto molto più sporco e triste, ma si sa l'inferno e così. Sono qui fermo appoggiato al muro sotto la pensilina, vicino ai miei colleghi, (perché non chiamarli così?) e grazie al cambiamento del tempo marzolino, sono assalito da dolori ossei diffusi in quasi tutto lo scheletro. Non ho più scampo su questo e sopporto fregandomene del possibile rimedio. È arrivato il momento di raccontare di:

Amy.

Amy, senza girarci intorno, faceva la puttana, tuttora traspare sempre il suo ostentare una vanità vendibile, buffa, se non ridicola. Lei ha molta fierezza, continua e mostrarla senza pause, ciò che un tempo poteva essere stata una grazia, oggi è delirio dello sguardo altrui, con comprensione e compassione, si fa guardare. Quarant'anni, mal portati chiaramente, petto imponente che sciacqua e naviga indipendente, lasciato al naufragio più totale. Tutte le droghe e i maltrattamenti sono passati su di lei. Un cappello tipo basco bisunto nasconde un'alopecia aerata divorante. Ha un carattere mite, una cicatrice punitiva sul volto che non nasconde i tratti di una certa gradevolezza. Deve aver sofferto troppo, si rimette sempre a decisioni altrui, non discute mai, ne replica mai, ai torti subiti. Napoli, la sua città, non gli va mai ricordata, dopo due minuti comincia a piangere, lo fa spesso comunque. Ha problemi psichici forti, non curati, né analizzati, hanno modificato il suo aspetto e i suoi comportamenti. Andrebbe curata assistita, ma evita e non accetta attenzioni migliorative. Peccato deve essere stata una bella donna, oggi inavvicinabile, mangia pochissimo e grida sempre la mancanza di bamba. Peccato un esempio di essere umano completamente bruciato. Deve essere nata nella periferia della splendida metropoli campana, in quelle zone dove è rimasto solo il miraggio di qualche prete e qualche bonario volontario, con la sua associazione coraggiosa, a sostenere una 'idea di civiltà. Zone distanti dall'uomo, dove il vivere è solo necessità, assistenza e dolore. Drammi familiari inesauribili. Agglomerati urbani nati per assorbire e confinare popolazioni poverissime, prive di un'istruzione decente, un seguito della povertà sofferta da Napoli nella seconda guerra mondiale come in nessun'altra città italiana, mai affrontata e risolta seriamente. Napoli, la città meravigliosa, serbatoio immenso di storia e cultura, musica incomparabile, grandissima, molto più di quello che si immagini, un centro storico tra i più affascinanti del mondo. Amy porta dentro tutte le sue verità, la sofferenza, il carattere dei partenopei, nel suo viso si intravede la luminosità del suo sole e il riflesso del mare che costeggia la baia meravigliosa senza uguali, il suo parlare, lo fa raramente, somiglia a una musica. Il dialetto napoletano è musica, ibrido e gonfio di spagna. Triste la sua condizione, rappresenta in maniera perfetta il disagio di quelle periferie dimenticate, immensi serbatoi di persone che non contano, sfortunate e senza colpe, anche quando commettono reati. A Amy gli si può volere solo bene, e l'affetto che vorremmo donarle lei lo restituisce al mittente, e si rinchiude nel piccolo golfo che ha ricreato qui, con il suo angolo, i cartoni sporchi e una coperta colorata sotto questa ordinaria pensilina della Stazione Termini.

Raffaele

Raffaelle è l'unico della zona, è di Tivoli. Il più anziano di tutti, siamo alla fine. Super alcolizzato, con resistenza fisica assurda. Magrissimo, disegna piccoli geroglifici sui muri, dovunque, sistematicamente aggredito da Marthe, lei si spaccia per la sua compagna. Debolezze umane. Ridotto molto male, ma la sua forza fisica è totalmente intatta, almeno in apparenza. Ignorantissimo e molto volgare nel linguaggio è inavvicinabile, impossibile dialogare con lui. Tutto il giorno cerca di scavare dentro le sue narici cercando di scovare demoni nascosti a forma di vecchio muco. Sporco, come tutti nel gruppo, ma la vergogna non fa parte del suo essere, a differenza di altri, che alcune volte costruiscono a fatica piccoli frammenti di riflessione. Ha peli dovunque, senza ordine e senza cura. È un personaggio duro, spigoloso, intoccabile davvero, come un grasso ragno nero peloso, rassegnato e rifugiato in un angolo, riparato da una fitta ragnatela, dove pensa di essere super protetto. È anche lui unico in questo girone infernale degli intoccabili. Sarà perdonato nell'eternità, perché come gli altri non ha colpe, se non quella attribuitagli ingiustamente dal ridicolo peccato originale. La sua vera colpa è di essere nato in un mondo diverso, ma è stato accusato da una corte inesistente, ingiustamente, una corte che emana sentenze senza giustizia da secoli. Non si è mai ribellato, ma un giorno sarà lui, insieme ai suoi compagni, a rendere giustizia e a riscattare gli ultimi di questa terra, a ripulirli da una melma di fango eterno, povertà obbligata, dove la pioggia ha sostituito il sole, senza pause per la ricchezza di pochi. È la mia fievole speranza, mi aiuta ad andare avanti, continuando a sopravvivere, non chiedo di più. La rassegnazione è dentro di lui, cerca di esprimersi solo attraverso i suoi indecifrabili disegni che produce spesso anche di notte con pennarelli che qualcuno pietosamente gli regala. Facendo non pochi danni sui muri della vecchia stazione, tutti eretti in travertino, estratto nelle zone intorno a Roma. È un vero finito intoccabile, brutto da vedere, ma attraverso le sue dure espressioni, è un uomo sfortunato, con mille complicazioni, in attesa del verdetto finale e della sua esecuzione. Così lo vedo io.

Siamo arrivati all'ultimo del gruppo:

Errico

Errico è marchigiano, di Ancona, mi rimane simpatico. Completamente pelato, silenzioso e pensatore, si spaccia per un anarchico facendo molta confusione, vecchio retaggio della zona natia. Deve essere abbastanza ignorante per parlarne con cura dovuta. Ritornando alla simpatia che suscita in me, quasi sicuramente è causata da quanto ho amato la sua città di provenienza. Bella e sita in un angolo che non può non ricordare un piccolo paradiso, alle spalle lo splendido promontorio con anse bellissime. Città di porto storicamente importantissimo, nei tempi lontani aveva anche partenze oltreoceano e grandi viaggi. Dotata di una stazione ferroviaria fondamentale, crocevia per il nord-centro e sud-est della penisola, possiede anche un piccolo ma funzionale, aeroporto internazionale. La luce sul mare è diversa dalle zone interne senza costa, dona una brillantezza diversa, più penetrante e diffusa, è il sole che si riflette nell'immenso specchio. La luce intensa delle città di mare induce a una pacatezza interiore che ti porti dentro nell'attraversare Ancona passeggiando lungo il porto e ammirando lo splendido edificio del Forte. Errico è vestito alla stessa maniera dalla prima volta che l'ho visto, semplice immaginarne lo stato. L'odore che lo avvolge è il vero sentore di un intoccabile, si erge a monumento simbolo della categoria. Ha un libro, sempre quello, lo porta dietro sempre su una mano da molto tempo, un libro di Errico Malatesta, magari il nome che porta se lo è dato da solo, in un'emulazione intellettuale da non analizzare. Il libro è ridotto come lui, ogni tanto fa finta di leggerlo e cita ad alta voce qualche pensiero del filosofo campano, in un italiano impossibile con accento marchigiano, potremmo azzardare in "marchiciano". Va preso con tenerezza, riesce a scacciare la violenza a differenza di altri componenti del girone infernale. Ecco l'analisi che ho voluto fare di queste persone che riempiono le mie mattinate con i loro show improvvisati. Spesso qui passa qualche altro intoccabile di passaggio, ma viene scacciato dal gruppo poco dopo. Questo è un numero chiuso, io sono tollerato da qualche tempo insieme con altri due che conosco pochissimo. In questa stazione ce ne sono diversi di dannati, forse una cinquantina, a ridosso dei rifiuti prodotti dalle migliaia di viaggiatori, come i gabbiani nei cieli romani che avvistano i cassonetti, qui ci sono i barboni. È triste quest'angolo di mondo, non c'è dubbio, ma ha una ragione enorme per esistere. Caronte è scappato, non esiste nessun'altra possibilità che questo gruppo possa essere traghettato altrove, oramai siamo rassegnati, qui in questo girone dell'inferno parte prima, più avanti proseguendo troveremo la parte seconda. Possiamo suscitare molte reazioni, schifo, pietà, compassione, rabbia, odio. Noi siamo un frutto avariato dentro questa immensa zuppiera di una macedonia umana. Rivendichiamo, anche se inconsciamente, il diritto a esserci, qui la musica è assente. Non ci sono più note da ascoltare, sono finite, siamo arrivati alla fine dello spartito, non ci sarà nessun autore a comporre qualche brano per noi. Qui la musica è terminata. Siamo solo grati al cielo, il nostro tetto, alla terra, il nostro letto, al sole il nostro riscaldamento, alla pioggia, la nostra igiene, non siamo certo grati all'uomo, ci detesta, perso nelle sue squallide normalità. La storia dimostra i fallimenti totali dell'uomo normale a distanza di millenni, la situazione del pianeta è peggiorata, la guerra dovunque, si qualcuno sta meglio di allora, ma a discapito di molti che stanno peggio. Esiste un'involuzione nascosta della specie umana, la civiltà non si misura con la quantità di apparecchi televisivi o di telefonini che si possiedono, o l'indicatore di Prodotto Interno Lordo dei diversi stati "civili", il regresso e l'oscurantismo di questa epoca sono indiscutibili. Noi siamo qui all'inferno a rappresentare uno spettacolo scomodo, ma siamo la superfice di un vaso di cibo putrefatto, siamo l'odore fetido che esce dalle fogne prima della pioggia. Dovrebbe aiutare a far riflettere, ma forse facciamo parte di questo spettacolo infinito, di questa finzione mescolata alla realtà. Il sipario è ancora aperto. Per l'intervallo dobbiamo ancora attendere, lo spettacolo deve continuare, tra violenza e amicizia immaginaria cercata invano, continuiamo a esserci noi.

Abbiamo bisogno tutti di un mondo diverso.

E noi siamo qui perché voi siete qui.

Oggi la malattia mi dà molto fastidio. Dopo essere stato un po' all'inferno, ne esco con molta premura, prendendo la direzione mensa, si è fatta una certa. Ho diverse difficoltà nello spostarmi, dolori potenti arrivano senza preavviso, mi attraversano gli arti inferiori e mi affatico anche con il fiato per lo sforzo che faccio nel camminare. La pazienza non è mai stata amica, ho imparato a sopportare non a pazientare. Il tempo è peggiorato, un vento sporco raffredda quel calore che avevo immagazzinato stamattina. Fra breve Via Marsala si restringerà, devo fare attenzione per raggiungere la mensa, tanti militari e divise più o meno ridicole, ostentate. Passa un'autombulanza molto affrettata. Le domande che mi pongo son sempre le stesse. Chi porterà? Dove andrà? Quali saranno le condizioni dello sfortunato? E se capitasse a me? Ecco all'ultima domanda ho da sempre provato un sentimento misto tra la vergogna e la curiosità. Il male con il dolore e la sofferenza provocata da esso, mi hanno sempre incuriosito. M'immagino lo sguardo di chi ti soccorre e cerca magari di tranquillizzarti con parole ripetitive e sempre le stesse. Il loro lavoro, così crudo e duro, li rende repellenti alla pietà e alla compassione, come uno scudo, un'armatura integrale contro il male. Penso che ci sia anche quella sensazione che inutile negarlo, appartiene a tutti:

vedere il male allocato in un altro corpo è come una forma di liberazione (se capita a lui forse l'ho scampata anche questa volta), è come se il male fosse una lotteria, che ha la possibilità di sceglier i suoi candidati a caso. Questo avviene anche quando vediamo o sappiamo di morti altrui. Nel vedere morti vicini, sospiriamo al pericolo scampato, ah non è toccato a noi. Anche se adesso il mio parere su questo si è modificato, cosa può fare la morte a uno come me? Liberarmi dalla sofferenza? Togliermi da queste strade infernali di questa città, distesa su un territorio enorme, gestita come un pollaio, senza regole né buonsenso? La morte potrà mai sciogliere in me gli ultimi dubbi di una vita malandata? Perché la morte non può essere considerata come un evento temporale? Una fase diversa ma simile alla vita. Perché non abbiamo il coraggio di dire "per tutta la morte" invece diciamo *"per tutta la vita"*. Chi lo vieta? È solo una convezione inventata, ma non documentata, nessuna prova a sua discolpa o accusatoria. Benvenuta allora cara e onnipotente morte, quando deciderai di farmi visita, magari usami le ultime cortesie, quando verrai a trovarmi, e assisteremo forse a un nuovo spettacolo, evita che venga prima il tuo orribile cugino, il male. Il male è orribile e gratuito, spesso viene a trovarti senza avvertirti, s'intrufola in maniera subdola. Dà l'idea di quelle persone ruffiane, sempre dietro ai più forti, pronte poi a colpirti quando meno te lo aspetti, in maniera vigliacca. Il male è viscido e falso, spesso non dà segnali, quando manifesta la sua presenza, è troppo tardi. Lo fa solo quando si sente invincibile. Brutto e pessimo esempio di schiettezza, se dovessimo dargli un colore sarebbe nero, se fosse un odore sarebbe quello di una carogna animale sul ciglio di una strada mai raccolto, un albero secco senza più fogliame, un lago asciutto con soltanto rare pozzanghere fangose in via di esaurimento, un cielo senza nuvole e senza sole, quei cieli che appaiono con il colore a cavallo tra il grigio e il verde chiarissimo, uniformi, privi di personalità, senza nessuna espressione, anonimi e in attesa di pessimi sviluppi minacciosi, ma non diretti. Si è proprio vero, il male è il cugino vigliacco della morte. Una mia piccola conquista è l'abituarmi alla sua presenza, mi rende modestamente sereno e felice, riesco a tenerne il controllo, una guerra perpetua dentro il mio corpo. Piccole rivincite di una vita in caduta libera, ma posso ancora decidere qualche piccola direzione da prendere, magari piccole decisioni indicative sono in grado di controllarle. Ho questa speranza. Come dicevamo, qui in direzione San Lorenzo, l'edificio immenso della Termini si allarga e la strada si restringe, sembra un errore degli architetti o forse lo è veramente. Il traffico s'imbottiglia e rallenta costruendo una barriera dove il mezzo di soccorso fa molta difficoltà nel proseguire. Il suono della sirena si fa sempre più forte e acuto, le auto cercano di creare lo spazio sufficiente per agevolarne il passaggio, riescono nell'intento. L'autombulanza si allontana con il suo male dentro, il dolore e la speranza di qualcuno.

Alcune volte la sua corsa è del tutto inutile, pazienza, il suo correre crea sempre un attimo di umanità decente dentro questa metropoli malridotta, sporca e brutalmente ignorante a differenza del suo splendido passato testimoniato solo dai ruderi di duemila anni fa. In questa zona ci sono solo bar, negozi di ristorazione varia, pensioni, alberghetti, rari piccoli negozi bangladini, dove si vende di tutto, dai ricambi dei telefoni alla verdura, acqua minerale a prezzi improbabili. Per fortuna che Roma ha tantissime fontanelle, i "nasoni", anche loro però sono in via di estinzione, speriamo bene, ma fino alla fine della mia folle corsa, l'acqua non sarà un problema. Un aspetto sgradevole della vecchiaia è l'assenza di sete, in tarda età vengono meno tutte le esigenze corporali a differenza del periodo giovanile, dove tutti i bisogni del corpo e della mente erano accentuati e improrogabili. È sempre nuvolo, prima di continuare in Via Marsala verso la cena gratuita, viro in via Castro Pretorio, così per cambiare un po' aria, vedere episodi diversi, non abituali per me, anche se qui ci sono solo divise e istituti delle forze militari e paramilitari. Appena girato l'incrocio appare un quartiere molto benestante, inframezzato da residenze della media borghesia e da edifici istituzionali, zona ostile per la gente come noi. Mi addentro ugualmente. S'intravede un passato glorioso dell'edilizia di nicchia, i marciapiedi sono affiancati da aiuole e anziani ippocastani. Non c'è cura di nessun tipo, come del resto in buona parte della città. È una zona dove occorre attenzione, è frequentata da militari vari e da gruppetti di fanatici neo-fascistelli, che scimmiottano le ridicole abitudini del fatale ventennio, schernendo e umiliando i deboli e gli ultimi. Io sono una loro potenziale preda, questo mi mette un po' di ansia e m'impaurisce. Non faccio in tempo a meditare che vedo a distanza di una cinquantina di metri, una decina di giovani rasati a zero, vestiti tutti di nero, con catene portachiavi e un abbigliamento molto identificativo. Mi notano e cominciano a insultarmi, anche se lontani. Prendo in mano quella specie di racchetta da passeggio che ho nel carrellino e la agito in aria, si ammettono di essere ridicolo ma tiro fuori le ultime rabbie nascoste in me, alla mia maniera, goffamente e spavaldamente, contemporaneamente spero che mi lascino in pace. Di solito, questa zona è infestata da "ratti da fogna", molto diversi da quelli notturni pacifici del "tunnel–inferno parte seconda" dove solitamente dormo, troppe forze dell'ordine frequentano questa zona per lavoro e quindi il gruppettino infame cerca di controllarsi nelle aggressioni. Sono giovani ignoranti e senza nessun tipo di educazione, dalle loro bocche esce uno slang orribile, strisciato e strascicato, neanche lontanamente parente del dialetto romanesco dell'adorata Anna. Il loro linguaggio fa vomitare, è una vaga deformazione declinata con una cantilena insopportabile. Si avvicinano ingiuriando e deridendomi, è una situazione cui sono abituato da quando sono sceso a patti con la strada. Alcune volte sono stato malmenato e aggredito, preso a calci, evidentemente noi diamo fastidio, siamo una ferita putrefatta che emana pessimo odore e creiamo schifo, siamo i rifiuti da non vedere, a Roma ce ne sono fin troppi evidentemente. Cerco di non ascoltare le frasi vigliacche ingiuriose e mi faccio la solita domanda: cosa mai gli avrò fatto? Io non do fastidio a nessuno, neanche sporco, come loro, anzi ripulisco spesso i rifiuti altrui. Sono vicini e due di loro mi sputano addosso, cerco di allontanarli con la racchetta, inutilmente Mi deridono allontanandosi. Una persona assiste e passato lo scampato pericolo di incrociarli, si avvicina. È un anziano signore, ben curato, abitante in una di queste borghesi e ricche palazzine, siamo vicinissimi alla Stazione ma distantissimi, e mi sussurra:

«Le occorre qualcosa? Tutto a posto?»

Io mentre lo guardo con uno sguardo povero di rabbia, pieno di rassegnazione e di disperazione.

«No, grazie, magari se ha qualche soldo per mangiare?»

Oramai mi scatta in automatico la povera povertà.

Il signore anziano, ancora con un cappotto tipo loden, sottolineando l'infreddolimento perenne della vecchiaia in un marzo romano inoltrato. Mette mano nell'interno del cappotto, estrae un portafogli autorevole e vissuto, prende cinque euro e me l'allunga, porgendomeli da un angolo, stando bene attento a non venire a contatto con le mie mani, deve aver notato le mie unghie color testa di moro, a prima vista indelebile.

Si allontana a bassa voce sussurrando «Stia bene» un po' infastidito, forse.
Lui non sa che il rapporto con il denaro è molto particolare in noi intoccabili. Può essere tutto o niente. La maggior parte di noi si trova nelle mie medesime condizioni per averlo disprezzato, altalena impazzita della propria vita. Gioia apparente e disgrazia profonda. Per me il denaro non ha mai avuto nessun valore, ne ho maneggiato moltissimo e disperso di più. Oggi posso dire di aver fatto bene, di essermene liberato senza rancore. Esso crea dipendenza e schiavitù, riesce a modificare gli stati d'animo, i caratteri, i comportamenti, e modifica in peggio anche gli umani migliori. Ora sono poverissimo, senza denaro, se con poche monete (e cinque euro), ma non mi serve in realtà a nulla, mangio nella mensa serale, il giorno raccatto qua e là, non ho più bollette da pagare, ne affitti o assicurazioni, nulla di nulla. E a pensarci bene va meglio così. Certo in cambio di questo ho barattato la salute del corpo, i benesseri apparenti, le tranquillità indotte, ma le profondità nell'essere vivo le avevo perse, ed ora me ne sono riappropriato. Amo di più questo mondo, nel paradosso più assurdo, vivo nella speranza di vedere guarire l'uomo dai suoi terribili mali. Prima quando sguazzavo con il denaro in tasca, non li vedevo. Spesso il denaro di cui disponevo non era mio, era concesso da altri, da banche e simili, compravo macchine illusorie a piccole rate, cadevo nella rete tessuta da offerte assurde e false che si

possono immaginare, ero sempre in debito, costretto senza tregua a produrre e comprare. I grandi inganni di questa società maledetta, sbandierando false democrazie intruse di libertà, se sei allineato con lei bene, altrimenti ci sono i manicomi, le carceri, la strada. Allora eccomi!

Perché un gruppo di giovani, anche se simili a delle bestie selvagge, devono umiliare uno come me? Che bisogno hanno di farlo? Cosa li spinge a questo comportamento? È difficile trovare una spiegazione, me lo sono chiesto più volte, perché disprezzare gli ultimi? Forse la risposta è una sola. L'uomo è un mammifero involuto, è fragile, odia le debolezze altrui, l'unico animale che uccide i suoi simili senza nessun motivo reale. È un animale violento, non definito geneticamente. Perché disprezzare un vecchio senza motivo? Gli animali che abitano questo pianeta, secondo me, non sanno cos'è l'odio. L'uomo ha fatto dell'odio un suo valore primario. Questo gruppo di personaggi inqualificabili che mi hanno umiliato, odiano a prescindere, attraverso l'odio gestiscono e scacciano i loro difetti e debolezze, è il loro nutrimento, allevati nei decenni da politici improbabili e di bassissimo spessore.

Questo è il risultato per aver tollerato i fascisti dormienti dentro le nostre famiglie e nelle nostre case, falsissimi giornalisti che hanno divulgato per decenni falsità senza vergogna dentro le agenzie di stampa schiave dei poteri non occulti. Eccolo il risultato di non aver continuato a spiegare cos'è stata la seconda guerra mondiale, chi l'ha scatenata, i milioni di morti dimenticati, i bambini bruciati vivi dentro a forni con genitori obbligati a togliergli i denti dopo la morte. Il grande errore di aver perdonato chi non meritava di esserlo. È un punto vitale di questo racconto, l'odio è alla base di tutte le mie disgrazie e disavventure. Anche io amo odiare, per esempio odio questi gruppi di delinquenti, odio il potere che li tollera, odio chi li sostiene, odio i prepotenti e gli oppressori, gli infami e le spie, i lecchini, i deboli che non fanno nulla, odio gli schiavi che non si ribellano, odio l'ignoranza obbligata, potremmo concludere dicendo che io odio chi odia. È il meccanismo dell'uomo che ha fatto scaturire quel curioso e assurdo fenomeno che si chiama guerra. Ecco allora le divise che vengono e vanno in questo quartiere a ridosso del mostro ferroviario. Non vanno di fretta, non hanno la premura degli artigiani, sono tranquilli adagiati nel loro benessere, in tempo di pace qui. Le divise militari, colorate e anche eleganti, non passano mai inosservate, tendono ad attirare l'attenzione quando possono, con tutte quelle bandierine sul petto (??). Gente che si è messa sotto la completa tutela dello stato, senza nessun potere di discussione, quando si è militare si ubbidisce, vecchi motti, ubbidire, morire. Devoti e pronti per una cosa sola: la guerra, quando lo stato chiamerà. L'uomo ha sempre fatto le guerre, è una parte della sua esistenza, è dentro la sua mente da sempre. Non esiste periodo della storia umana privo di guerre, confronti, massacri assurdi. In essa non deve esistere la pietà quando è in atto. Uno degli aspetti più terribili e il nome che danno al perimetro dove essa avviene: il teatro! A me fa inorridire anche "scenario". Sono due termini cari per il mio vissuto, ricordano tutt'altro, in me hanno sempre rappresentato piacere, meditazione abilità nel creare emozioni positive, felicità e speranza. Non ricordano distruzione, morte, tortura, il totale imbarbarimento, l'assenza più totale di sentimento, valori irrinunciabili nello scontro che provoca la guerra. Eppure nel mondo militare i termini più usati sono, fierezza, orgoglio, attaccamento alla patria, onore, guarda un po'? Il contrario di un mondo aperto a tutto e a tutti, dove i tuoi figli sono anche i miei e non soltanto i tuoi, dove le religioni sono tollerate ma non obbligate, dove il tuo male è anche il mio, un mondo senza più dannati né sfruttati e quindi senza ricchi, pure spavaldi e prepotenti. Forse è il caso di andarmene da qua, e dirigermi sul serio verso la mensa che apre alle diciotto. Si è fatta molto più di una certa. Lentamente m'incammino.

*la riflessione*

Costeggio il grande edifico della stazione, in questo punto è stato trasformato in grande parcheggio, è diversa l'architettura. La strada poi si allargherà di nuovo, ritornando al perimetro originale della Termini, inaugurata nel dopoguerra. E lì ci saranno quelle due mie piccole certezze: la mensa (il cibo indispensabile), l'inferno parte seconda (il dormire quando è possibile). Il nuovo edificio con l'immenso parcheggio, ha divorato i metri della carreggiata, è fatto di vetri specchianti, anche se il cielo è opaco, lo specchiare riflette tutto il circostante. Devo procedere molto piano, il vecchio pavé del manto stradale è antico e molto irregolare. Il mio carrellino sobbalza e la mia andatura lenta mi permette di osservare i pericoli di questo breve tragitto. Il riflesso dei vetri m'induce a fermarmi, ammirando la profondità dell'immagine provocata. Imitando i vetri ora rifletto su di me il percorso giornaliero che sto qui descrivendo. La mia ripetitività giornaliera mi dà sicurezza, mi mette al riparo da sorprese. Dal tempo della mia discesa in strada, la vita è totalmente cambiata, molto distante dal vissuto precedente. È come se fossi venuto al mondo una seconda volta, ma in realtà forse, sto assistendo a un mega spettacolo con sipario aperto, sottolineando il concetto dell'attore-spettatore. Semplicemente acqua calda, il drammaturgo siciliano c'era arrivato un secolo fa, ma fingo, soprattutto a me stesso, di non sapere. Medito su di me e quel poco che vivo, il molto che vedo tutti i giorni, il mio corpo lo sento come un'appendice distaccata che mi trascino da circa tre anni. Una zavorra indivisibile da me come il carapace per una tartaruga. Il mondo che mi si presenta davanti quotidianamente, è solo rappresentazione, in cui sono uno squallido coprotagonista. Rifletto sul mondo, sull'amore, e sulla fine, sul giorno che non passerò più qui, e non vedrò più questi vetri specchianti, il bisogno quasi ossessivo che ho di raccontare il mio io. Cercherò di far arrivare a chi avrà il tempo di leggermi, le gioie, i dolori, le mie ferite e il sentore delle mie angosce. Di trasmettere i miei dubbi e le analisi del quotidiano, spero quindi che chi leggerà diventerà spettatore di questa farsa in cerca di

spettatore. Allora quasi scherzando, con un vagone ferroviario di umiltà, si potrebbe intitolare:
*Un autore in cerca di sei spettatori... (almeno).*
Il pensiero più profondo lo riservo alla morte comunque, più mi avvicino a essa più mi incuriosisce, chissà se soffrirò. M'immagino le morti delle persone care che avevo, (oggi non ho più nessuno) com'è avvenuto il meccanismo del trapasso, cosa succede? Cosa si pensa e che densità avrà la percezione del dolore? Sono incuriosito di come la vita e la morte si raccontino tra di loro. I vetri riflettenti ruffiani, la loro freddezza meccanica, sono distanti dalla mia eterna ricerca di sensibilità. Sono a metà di questa strettoia inspiegabile, è ora che torni un po' dietro e po' davanti a questo sipario aperto, il riflettere è spesso devastante e sincero, mi mette sempre in difficoltà. È ora di far tornare i miei protagonisti sulla ribalta e sul proscenio, che seguitino a raccontarci la loro farsa-novella, a momenti con la struttura di un dramma.
Allora che lo spettacolo continui!!

*l'arresto*

Dopo la strettoia cambia tutto, la visuale che si presenta è totalmente diversa dalle vie vicine alle uscite del grande atrio del terminal. Entriamo dentro il tessuto della grande città, sempre costeggiando l'enorme edificio trasformato, questo lungo lato rialzato sembra esser adibito esclusivamente a uffici direzionali. La strada è larga, molto più della parte iniziale, a destra fra un po' troveremo il mitico tunnel dell'Inferno. A sinistra più avanti c'è la mensa, si ecco siamo di fronte al mio enorme appartamento senza muri divisori, né porte. Nel dente che crea il mega parcheggio, in Via Marsala si crea una specie di slargo quasi nascosto, e qui staziona spesso la polizia, che punta al fattore sorpresa. E anche oggi pomeriggio non si smentisce c'è una pattuglia, ha fermato una macchina. Ci sono i lampeggianti blu in azione, un poliziotto che sta parlando alla radio, due malcapitati con le mani alzate appoggiate, appena ricurvi al tetto della loro auto, l'altra guardia con arma in pugno controlla i due. Poco tempo e arriva un'altra volante, scendono velocemente altri poliziotti, con atteggiamento di sfida. Penso proprio che si tratti di un fermo o un arresto, non so cosa abbiano trovato, ma credo di non sbagliare. Arriva una terza auto della polizia e i due sono ammanettati, caricati singolarmente, portati via a sirene spiegate. Il tutto avviene dal lato del tunnel-inferno, io sono dall'altra parte e mi fermo inosservato a pensare. Polizia, arresto, carcere, fantasmi mi attraversano la mente. Da sempre il mio cuore è stato dalla parte dei detenuti, la vita e la solitudine della reclusione. Il mio pensiero nei loro confronti è stato sempre presente, anche nei periodi più lisci della mia vita. Non ho mai abbandonato la solidarietà nei confronti dei detenuti, forse per le mie disavventure giovanili, o forse anche per aver conosciuto nel tempo, la letteratura che si è presa cura di questo lato oscuro dell'umanità. Il carcere che trasforma gli uomini in matricole, cancella la dignità e abbatte il muro che divide civiltà da inciviltà. In prigione non esistono più i parametri che scandiscono la differenza tra giusto e sbagliato. La galera è da sempre riservata agli ultimi, difficilmente ci finiscono i potenti, ma quando capita sono protetti o esonerati dagli obblighi detentivi più crudi, solo per reati indiscutibili e grandi colpe riconosciute. Se analizziamo i detenuti che sono rinchiusi nelle carceri dei civilissimi paesi occidentali, il 95%, forse anche di più, provengono da ceti bassi, periferie, zone emarginate della società. Questi sono dati innegabili, le patrie galere servono solo per rinchiudere gli emarginati o gli scarti degli strati più bassi della società. "Dentro", le giornate sono scandite da un'asfissiante vigilanza, l'assoluta privazione di ogni forma decente d'intimità, e l'igiene è messo in sostanza in ultimo piano. Il bugliolo può servirti anche per specchiarti. Non esiste nessuna forma di rieducazione, se non in qualche esempio sporadico di gestione carceraria, dovuta alla buona volontà di qualche dirigente. Le carceri oggi scoppiano dal sovraffollamento, un'edilizia carceraria da decenni abbandonata, fonte di guadagni privati, ma questa analisi tecnica non appanna la mia vera solidarietà ai detenuti. La sofferenza di una vita privata di tutto, un po' simile alla mia ora, anche se il paragone è azzardato, visto che io riesco a vedere uno spettacolo ogni giorno mai uguale, "dentro" in carcere il sipario è sempre chiuso, per qualcuno non si riaprirà mai più. La galera ha un vantaggio, sembra un'assurdità ma partirei analizzando una parola: detenzione. Nella nostra lingua ha due definizioni, con senso e valori distanti. Una ha un valore di privazione, nel periodo di "detenzione" sei privato di tutto ma fondamentalmente della libertà, il bene cosi raro e prezioso. Nella seconda definizione "detenzione" significa anche possedere, essere proprietari di qualcosa (io detengo...). Il paradosso è che dentro, le

definizioni convivono. Nell'assenza delle cose più semplici, nelle privazioni più bestiali, quando sei rinchiuso, detieni un valore bellissimo, il volo. Hai la possibilità di volare come e quando vuoi con il pensiero. La leggerezza della mente è inversamente proporzionale alla durezza dello stato di costrizione inflitta, vola libera in alto dovunque tu voglia andare, senza nessun limite. Riesci ad immaginare girandole meravigliose nel cielo come fanno i gruppi di stormi, disegnando figure immaginarie mai viste prima. I pensieri volanti li chiamavo, guardando gli uomini da un punto di vista speciale, durante la reclusione ricordi tutti gli episodi che ti hanno segnato, nessuno al mondo potrà mai rinchiudere o privarti di questa libertà che detieni. È dura essere nati tra gli ultimi e poi aver vissuto con l'illusione di uscirne, per tornare ancora per strada e definitivamente tra chi ti appartiene. Forse il carcere è un destino formattato per alcuni, lo spettacolo è sempre uguale, il sipario è chiuso, per molti non si aprirà più.
Molto tempo fa fui chiamato da un'agenzia per un gruppo che produceva spettacoli alternativi e provocatori, devo dire uno dei pochi momenti intelligenti della mia carriera, dopo aver frequentato ambienti culturalmente decrepiti, nascosti dietro a sipari costosissimi, veri paraventi per le loro messe in scena prive di valori. Avevano una sede qui nell'eterna capitale. Mi parlarono di un progetto di spettacolo dentro il grande edificio San Michele a Ripa, un enorme complesso lungo-Tevere a ridosso di Porta

Portese. Dentro il grande gruppo monumentale, in passato c'era un cronicario, un orfanotrofio, un sanatorio, ma anche un carcere minorile. Si organizzò un sopralluogo, il regista voleva rappresentare dentro questo carcere minorile l'impossibile, voleva portare un rinoceronte e interagire con esso dentro queste celle assurde. Rimasi colpito dalle celle allestite per ospitare bambini, le porte alte 130 cm, lo spazio dentro molto più ristretto di una cella piccola del diciottesimo secolo. È l'assurdità che ti fa male e ti getta nel vuoto senza paracadute.
Ecco l'uomo.
Ho sognato una società senza gli ultimi, senza carceri, senza manicomi. Sognatore lo sono sempre stato, ma è servito a poco se non a me stesso, sognare mi ha portato lontanissimo, mi ha creato stati di estasi, momenti di benessere e di godimento, altrimenti inaccessibili. Per i sogni ci sarà spazio più avanti, nel raccontare questa percezione di teatralità che è la mia giornata per strada. E si continua.

Tutta la scena, descritta sopra da spettatore, l'ho vista da un punto privilegiato del marciapiede opposto alla stazione, il lato che porta direttamente in mensa. Mentre assisto al via-vai, al trambusto che provoca sempre un arresto in diretta, il rumore dei treni che partono e arrivano si fa più intenso. Siamo in un livello inferiore, l'edificio ferroviario qui si abbassa, diventa più umano e il rumore del crocevia è molto presente. Il tunnel–inferno è in realtà un enorme sottopasso dei binari, fu costruito per collegare i due lati della Termini, essendo una stazione enorme, avrebbe isolato quella zona di Roma in due parti. Il tunnel l'ha evitato, ma il rumore dei treni è leggermente amplificato, si avverte anche da questa parte della strada. La notte, quando cerco di dormire sotto, il mio open-space (un bello spazio aperto!) notturno, il traffico notturno dei treni è inferiore rispetto al giorno e poi il treno mi ha sempre favorito il sonno. Adoravo viaggiare in treno, lo preferivo a qualsiasi altro mezzo di trasporto, è confortante, il rumore è amichevole. Dopo l'avvento dell'aereo per tutti, ha ceduto un po' il passo, ma poi ha rialzato la testa, è insostituibile, con un adattamento per una clientela più ricca si è adeguato creando anche una differenza più marcata tre le classi sociali. Essendo nato vicino a una stazione, mi ha aiutato a sognare, mi ha portato via, lontano, innumerevoli volte, ho fatto migliaia di viaggi prima di salirci per la prima volta. Da bambini si giocava nel deposito di fermo, stazionato a lato con binari morti, dentro a vagoni in procinto di pensionamento. Erano impregnati di ruggine e di legno vecchio, e noi immaginavamo i luoghi che avevano attraversato, quali scenari avessero visto, noi piccoli esseri ignoravamo il vero uso precedente. In fondo la guerra era finita da poco, sembravano costruiti per il trasporto bestiame. Si accedeva da una porta scorrevole, dentro due finestrelle ai lati, senza vetri. A loro interno il pavimento era di legno scheggioso dall'usura, un odore simile all'olio rancido dominava. Dopo un po' ti abituavi e spariva, come per incanto un materiale trattato per renderlo eterno, odore simile a quando vuoi prendere un insetto, e lui per sfuggire alla cattura, spruzza un qualcosa tremendo, insopportabile, come dissuasivo. Dentro si sognava ad occhi aperti, s'inventavano giochi di tutti i tipi, l'assalto andava per la maggiore, generato dall'enorme quantità di filmacci western che hanno impestato la televisione nei primi anni 60, disprezzando gli indiani, distorcendo la storia ingannando platee immense di bambini, questo gli americani lo sapevano fare molto bene. La loro splendida democrazia lentamente costruiva interi popoli al suo servizio. Si il gioco principale era sempre tra pistoleri carogne e fetidi indiani. Già all'epoca preferivo essere un sioux, ero sempre dalla parte dei perdenti, senza molte armi di difesa, e quindi si finiva per essere sempre uccisi, prima però eravamo fatti prigionieri e derisi, se non torturati, oggi non è cambiato molto. Erano vagoni volanti, pieni di sogni, dovevamo stare attenti perché alcune volte venivamo cacciati in malo modo, altre segnalati alle famiglie minacciando multe, allora la traduzione era letteralmente essere riempiti di botte e picchiati dai genitori innervositi dalla povertà perenne. Il fascino di starci dentro e giocare era sempre fortissimo e nessuno poteva impedircelo erano i nostri amici quei vagoni sonnolenti, abbandonati come anziani nelle sperdute case di riposo. Quando pioveva, dentro si creava un'intimità prepotente, indiscussa, era magnetica. Quella sensazione mi è rimasta sempre, ecco perché adoravo viaggiare in treno. Essere in viaggio durante una nevicata mi portava in paesi sconosciuti, fuori il freddo, dentro caldo, magari con la testa appoggiata a pannelli con all'interno l'amato amianto, vedere campagne che scorrevano velocemente attraverso i vetri appannati dal sudicio e dalla condensa era bellissimo. Il treno era di tutti, ma nel mio angolo era mio. L'essere sempre a ridosso delle ferrovie scatena in me la domanda: chissà se la morte mi farà sognare come la casa dei treni. Un fascino eterno quello del treno in me, il rumore mi rassicura, vedere il movimento dell'esterno che scorre da speranza, il muso delle locomotive con i fanali come occhi intelligenti, dà l'idea esatta di una bocca di balena, pronta a divorare la sua preda, la strada. Antico e moderno, docile e aggressivo, comodo e senza comprensione, rigido ma fluttuante, il treno è

come un animale, come un essere vivo, dentro il suo ventre ci ospita e rigetta, come escrementi, quando è il momento. Rimarrò sempre affascinato e grato per avermi regalato momenti unici. Ora posso solo guardarlo, è da più di tre anni che non fa più parte di me, ma siamo vicini e questo mi basta. In strada ho imparato ad accettare senza reagire, a compensare il bene con il male. Sono rassegnato e mi muovo lentamente come un treno quando esce dalla stazione, anch'io ho i miei vagoni, in realtà è uno solo, il mio carrellino e porta pochissimi sogni. Ora guardo i convogli da lontano, con invidia, quella mi è rimasta e mi sia concessa, come a un condannato a morte gli è concesso l'ultimo desiderio. È ora di mangiare, la fame non fa più parte di me, ma mi è rimasto un briciolo di razionalità nel capire che la morte non dovrà avere una vita semplice, ma contrastata da me almeno con quel poco di orgoglio rimastomi, ne avevo sin troppo e ringrazio la strada per averlo quasi cancellato, ma per scacciarlo totalmente devo ancora vivere, l'orgoglio lo lascio ai patrioti, all'ignoranza, che sconfina dovunque purtroppo.
È ora di andare in mensa e che lo spettacolo si sospenda.

## Intervallo

*la pausa*

Finalmente siamo giunti all'intervallo. Ci sono diversi tipi d'intervallo nelle rappresentazioni teatrali, quelle con chiusura totale del sipario, altre con discese di elementi o schermi da proiezione (copiate dai primi del secolo scorso), oppure l'intervallo cosiddetto "a sipario aperto". Ecco questo è il nostro caso, la cena è un intervallo senza la chiusura del sipario, continuo nel raccontare questo spettacolo, venire alla mensa cristiana è un momento molto intenso, nello stesso tempo tutti sono assopiti dal piacere del mangiare e chi è qui ad aiutarci, gode nel vederci soddisfatti nel desinare. Per un attimo siamo fuori dalla strada, quindi anche dal palcoscenico, dentro c'è un angolo che rompe con il nostro vivere, siamo lontani dalle brutalità e gioie umane fin qui elencate, qui l'umanità si erge come bisogno altrui, nascosto al grande pubblico, dentro siamo al riparo non possiamo essere bersaglio di nessuno, né compatiti, siamo accettati per la sincerità della nostra condizione, uomini finiti in strada, vagabondi del bisogno, quasi vagabondi del cielo. Quelli che sono a organizzare questo ristoro sono i tecnici, preparano gli attori per il secondo tempo. Abbattere la fame è stato sempre un'idea fissa dell'uomo, un obiettivo difficile, irraggiungibile per ora, considerando che oggi buona parte della popolazione terrena non riesce a mangiare neanche una volta al giorno. Applausi a chi ci ospita gratuitamente. Per me almeno, la fame non è più un dramma, forse perché la vecchiaia rosicchia il corpo e lo rende immune da grossi desideri, ho bisogno di mangiare molto meno, sono stato diversi giorni a digiuno, in quel periodo avevo notato la mia mente in super attività. Quando si è sazi, si distende la tensione, le percezioni contrarie diminuiscono, il corpo è impegnato ad assorbire il cibo, la mente nel soccorrerlo, diventa molto più distratta tralasciando gli altri impegni. L'ansia è sempre presente, grande compagna di questo viaggio, nel momento della cena si addormenta e lascia spazio ai sentimenti più primitivi. Si riprende fiato dagli impegni sostenuti nel vagabondare per strada. Durante l'intervallo, recupero un po' di forze, durante il giorno mangiucchio qua e là, il mio essere elemosinante non dà mai certezze. Durante il pasto in realtà, può succedere di tutto, i volontari gestiscono molto bene lo spazio, anche se a volte ci riescono a fatica. I commensali di questa mensa unica sono le persone più incredibili della capitale. C'è di tutto, da barboni a malati non curati, a imprenditori freschi di fallimenti, emarginati sessuali confusi e maltrattati, puttane sfruttate e drogate, usciti di galera senza più nulla. Molti non sono barboni, noi abbiamo l'esclusiva, siamo gli unici animali che vivono per strada, abbiamo superato già sfortune, da tempo. Nel coraggio mancato per vivere come i normali, abbiamo sfoderato un ardore immenso nell'affrontare la strada senza paura, con le sue sporcizie, le croste accumulate, i dolori inosservati. Si è scelta la via più difficile e rischiosa, accelerante del percorso vitale, abbracciando la fine, accogliendola senza timore, attendendo la stretta finale. È chiaro che tra i tavoli, duranti i pasti, si corre sempre il rischio di scontro tra le persone stanche di vita, rese nude e prive di schermi assorbenti, il veleno scivola tra i figuranti (lo spettacolo per ora si è fermato) in questo piccolo angolo di mondo, bonario come un serpente cerca la sua preda. Serpente che sferrerà un attacco all'improvviso in maniera fulminea, per mordere la creatura predestinata, inconsapevole dell'attacco che sta per subire, la preda è ignara: la pace del convivio. Lei è sempre fragilissima, ma riesce comunque a salvarsi spesso, il cibo aiuta, molta gente ha fame davvero, i vassoi vengono ripuliti senza difficoltà da bocche prive di arnesi adatti, come il sottoscritto. Oramai le gengive sono callose e dure, magari non riescono a strappare ma stritolare di certo, si assiste alla divisione del cibo prima di portarlo alla bocca, si divide in ogni modo. Certo le posate di plastica non aiutano, le mani sudicie riescono dove si può, i volontari fanno raccomandazioni ripetitive per l'igiene, totalmente assente in noi stradaioli, ma tra i freschi falliti e gli altri bisognosi ancora l'igiene è decentemente viva. Prima di arrendersi a loro volta. La cena come momento di relax qui non esiste, è solo pausa, qui non ci sono divani e telegiornali finti, formattati con notizie false da far digerire duranti i pasti, qui c'è verità, dolore e tensione, nervosismo in superfice. Ci sono le lumachelle scotte e buone, che ascoltano come padiglioni auricolari, adagiate in attesa del loro premio, saltare fuori dai grandi vassoi in qualche bocca affamata. I discorsi che si ascoltano sono esibiti senza sintassi alcuna, qui c'è la disperazione che mangia, la morte è fuori dalla porta, dopo ci terrà compagnia. C'è l'assenza della vergogna, che invece i normali posseggono e nascondono furbescamente, qui il sole si mischia con la luna, la terra con il mare, il cibo con il digiuno, siamo semplicemente noi, gli ultimi che mangiano. In questi locali ricavati e dignitosi, le pareti anonime non riescono a nascondere ragni sparsi negli angoli remoti, tranquillamente dormienti, in attesa delle piccole prede, che vita splendida la loro! Per noi questo cibo non ha prezzo, non serve nessun grande sacrificio per averlo, solo stare tutto il giorno fuori a vedere lo spettacolo umano, il nostro tragitto simile al ragno che si sposta lentamente e tesse la ragnatela, il mio carrellino come testimone. Qui è tutto fruibile senza pagare, ci vengo sempre, questa è una delle poche certezze del mio vivere. Mi diverto a controllare la postura dei personaggi mentre arrivano, di quest' armata rifiutata dalla società. La camminata delle persone esprime più di qualsiasi altra cosa lo stato d'animo, il pensiero, i rilievi del proprio carattere. C'è chi cammina a gambe larghe, con la continua ricerca della stabilità più ampia, di solito denota una falsa sicurezza, poi c'è chi cammina producendo piccoli passettini frenetici con un delicato garbo nel pestare il suolo, quasi in punta di piedi esprimendo una finta cortesia. Esiste poi la camminata affaticata (la mia), è solare, una cartina tornasole del mio fisico malandato reduce da una vita intensa e prodotta dalla cattiveria tempo nel suo assalire senza pietà, è un'andatura che non può essere scambiata né falsificata. La camminata veloce e disprezzante, di alcuni individui più giovani appena giunti alla frequentazione di questo ristorante serafico, con la testa rigida senza osservare gli ostacoli casomai presenti al loro cospetto, denota insicurezza e una strafottenza in dissolvimento. Altro tipo di andatura è la lentissima, tipica di chi vuole fraternizzare con chi è vicino, cercando continuamente l'abbraccio, con appoggio in cerca di complicità sulla spalla, spesso è sinonimo di solitudine, esternando una finta saggezza. Per ultimo, la camminata scoordinata, sottolinea disturbi dei comandi, deformazioni caratteriali inguaribili, non ha un ordine né logica. Purtroppo è brutta a vedersi, ma è quello che è, almeno in questo tende a non ingannare nessuno, neanche chi la produce, purtroppo

è la condizione peggiore, una camminata dannata. Ritornando alla mensa, l'impatto dell'entrata con le luci e il candore dei banconi ben illuminati dove sono in bella vista i cibi preziosi, danno l'idea di un'abbondanza non comune, allora forse esiste davvero qualcuno che si prende cura degli ultimi, ma non è certo lo stato. Per lui siamo rifiuti da smaltire, neanche organici, pesi morti non produttivi, che istintivamente andrebbero eliminati.
Quando entri ti assale la puzza di varechina, economica ma efficace, non ci sono altre soluzioni, qui d'igienico ci sono solo gli spazi e i vassoi. Il mangiare è buono, se non buonissimo, per noi è una manna, caldo e scotto, come in tutte le mense, inaspettato e super dignitoso, e se qualche giovane in preda alla disperazione e alla confusione desidera il più, è concesso. Ai volontari andrebbe eretto un monumento, chiaro che dietro c'è professionalità, senza, sarebbe impossibile far da mangiare per tutta questa gente. Da qualche tempo sono riconosciuto e quindi passo senza domande, com'è buffa la vita, in età avanzata facevo fatica a mangiare di sera, mi affaticavo durante la notte. All'entrata esiste una specie di controllo ma non è oppressivo, la lucentezza dei banconi di acciaio, opacizzato dalla pulitura giornaliera, riflette in modo strano. Mi sforzo di specchiarmi e cerco di intravedere il mio volto tra i vassoi in fila indiana. Non mi specchio quasi mai, cerco di evitare, non riconosco più il collegamento tra quello che sono stato e ciò che è rimasto. Mi specchio

raramente, rifiuto l'idea della vecchiaia da sempre, non la giustifico con niente e razionalizzo con nulla, il riflesso di questa superfice metallica usurata dal lavoro, mi deforma e allora penso di essere giunto a questo sfacelo per colpa dell'acciaio deformante. Attendo obbligatoriamente le scelte di chi è prima. La disperazione è in fila, segue il lento defluire come un fiume che sta per giungere al mare, lento, paziente e sicuro del suo destino imminente. Foto religiose appese un po' d'ovunque a ricordare la provenienza di quest'aiuto perenne, faccio fatica, ma è così. Le persone che servono, esibiscono sorrisi genuini, sono tutte di età adulta, integrate nella loro normalità. Serenamente sembrano al sicuro, magari godono della sicurezza di un pericolo scampato, il destino può bruciare chiunque. Controllano con sentimento compassionevole l'umanità abbrutita e penosa che scorre lentamente difronte a loro, il nostro intervallo in realtà apre uno spettacolo solo per pochi, loro assistono a una sfilata di esemplari umani diversissimi, dannati, affamati. Sono dietro alle quinte. Show niente male. Si procede, tra scelte diverse, esistono tre opportunità per i primi, tre secondi, e due per i contorni. La sensazione che mi attraversa quando sono in quest'attesa, è brutta, sono assalito da sensi di colpa, penso di non meritare quello che sto per ricevere né il benessere che questo cibo gratuito mi provoca. Non faccio nulla per procurarmelo, d'altronde la mia disabilità non me lo permetterebbe, ma al mondo questo non interessa, sono qui a

mangiare perché qualcuno è impietosito dalla mia e dalla nostra situazione. Il diritto di sfamarsi dovrebbe essere garantito a tutti senza nessuna distinzione, qualcuno, in passato ha stabilito regole personali a suo vantaggio. Ora è difficile sovvertirle, mi sento colpevole come un ladro preso in flagranza, senza scuse, ma devo mangiare e seguo la coda scegliendo il primo piatto. E allora che si inizi la scelta tra tre primi, tre secondi, acqua frizzante o liscia, frutta, cioccolatino. Lumachelle al pomodoro con molto parmigiano, petto di pollo, patate lesse, mela gialla, acqua frizzante (fino alla fine), due panini, riempio il vassoio e vado al tavolo, sempre quello. Potevo anche scegliere cose più articolate e lussuriose, ma il timore della notte un pochettino mi è rimasto. Scelgo pasti più abbordabili, certo niente a che vedere con le cene a spreco del periodo normale. Questo mi basta per andare avanti, qui non danno vino, divieto che non ho mai digerito, ma si comprende.
Adesso la notte è diventata sola avventura, ogni notte avviene qualcosa d'importante e il mangiare non mi dà più noia. Forse sono le meraviglie nascoste della vita che ci appaiono senza avviso, anche se sono le sei di sera, la notte poi diventa lunga, questa è una metropoli, dormire nel tunnel inferno dopo le cinque del mattino è durissima. Qualche volta mi sono domandato, chi paga questa sopravvivenza? Non ho mai approfondito, ma ricordando tutti gli edifici, le scuole, istituti, collegi per super ricchi e classi privilegiate che la chiesa ha in questa sterminata città,

ho dedotto che si può permettere di sfamare qualche centinaio di bestie sporche prive di riferimenti. La maggior parte di questi frequentatori sono alcolizzati finiti, molti altri sono sulla stessa strada senza ritorno. Bevo un po' di vino di nascosto dal mio cartoncino, cerco di non farmi vedere, lo porto sempre nel carrellino, lo avevo posizionato appena arrivato, come ad occupare il posto riservato, (che lusso). Già pizzicato in passato e rimproverato ad alta voce, questo non mi provoca più nessuna vergogna. L'umiliazione e il subire sono elementi integranti della mia vita di oggi, cerco di evitare di farmi vedere mentre bevo per non essere assalito dagli altri commensali. È vita, quando si mangia spesso si medita, ripenso spesso a quello che è stato il percorso che mi ha portato qui in questa situazione, dove cerco di deglutire avanzi di vita, ma dove non esiste nessun conforto conviviale, se non qualche parola e pacca sulle spalle dei volontari, che percepiscono i più depressi, immagino la loro fatica nella scelta. Stranamente il cibo manda in circolo pensieri bizzarri, smuove acque stagne, in quelle praterie sterminate presenti nella nostra mente offuscata ma ancora viva. Pensieri postivi e non, divisi in parti eque, di sicuro il mangiare scatena meditazioni, riflessioni in ognuno di noi. Il cibo trasmette sensazioni sempre diverse, la pasta ti calma, dà subito quel sapore zuccheroso non dolce, che rilassa, ti appaga riempiendoti, gonfia non a caso, occupa sempre uno spazio più grande nello stomaco di quella che assumi. La verdura ti rende indifferente, senza emozioni, ti appiattisce, la carne no. L'aggressività, che scatena la carne, parte già dalla sua assunzione, produce negatività, ti fa attraversare la mente da pensieri oscuri, privi di colori, scatena scontri frequenti con i tuoi vicini di pasto. È la sua indole, cerca di trasmetterla dentro di te, la gestione anche digestiva è importante, non a caso i vegetariani sono più riflessivi e calmi. Ma qui senza carne si muore, non è una mensa per ricchi, dove ci sono cibi scelti per persone serene, qui, si mangia semplicemente per non morire. La carne scaccia il male sempre in agguato. Il pane è gioia, per questo ne mangiamo più di quanto ci serve. Incredibile cosa può scatenare il cibo. Se vogliamo affrontare i dolci rendiamo l'analisi superflua, si sa il dolce è un calmante naturale per chiunque, specialmente per i vecchi, hanno bisogno di ingerirne in continuazione. Medito mentre sono a cena con molta gente, però sono solo e ricordo le cene con le mie donne distanti, le tavolate insieme ai miei figli e non, adoravo cucinare offrendo la speranza di procurare e trasmettere il piacere del cibo. Il continuare a ricordare è impossibile da scacciare, arrivati a questo punto dello spettacolo quotidiano, rimane poco da affrontare e si scava nel bagaglio che ti porti dietro, anche se il mio è piccolino, ma c'è da scavare. Intorno a me derelitti, c'è qualcuno che abbiamo incontrato prima al tunnel parte prima, l'affanno nel vivere mi circonda, ora non ho più cielo qui dentro, il soffitto anonimo della mensa mi schiaccia, ma reggo botta e reagisco. Accomunato con i mali apparenti della capitale, mangio lentamente, non posso più velocemente, masticare da vecchi è un lavoro e fa perdere in parte la bellezza del cibo, la pazienza comunque, è un'arma in più. È marzo, le giornate sono abbastanza lunghe, fuori il tempo è rimasto grigio, non ha coraggio dopo aver minacciato tutto il pomeriggio. Immagino per un instante cosa penserebbe un "normale" davanti a questo spettacolo di oziosi" curvi su candidi vassoi carichi di cibo offerto (gli oziosi in carcere sono i detenuti che non lavorano). Il quadro dipinto all'interno di questo ristorante speciale, è simile al momento del ristoro per vecchi animali, in uno zoo dimenticato di qualche capitale dell'est impoverita dalla storia. Sono qui e deglutisco i frammenti strappati di pollo, consapevole che oggi sarà un giorno in meno nel computo finale, le mie croste che lamentano spazio, divorando anche le cellule rimaste decenti. I dolori e le angosce endemiche, senza via d'uscita, mangiano insieme a me, si sentono meno sole, molti dei miei vicini, sono nelle mie stesse condizioni, se non peggiori. Ogni tanto distraggo il mio sguardo debole dal vassoio, per fare una panoramica intorno, conviene che lo reindirizzi sul pasto, cerco di proteggerlo con calma dalla fame che è in me, gestendolo saggiamente ritardandone la fine. I commensali vicini rumoreggiano senza badare a nessuno, come se fossero soli e unici, il rumore di un umano mentre mangia, masticando in malo modo, non è mai stato di mio gradimento, m'infastidisce, ma faccio ricorso al serbatoio di calma e comprensione che ho, l'unica cosa cresciuta a dismisura negli ultimi anni. Dentro siamo al riparo, è un frammento del nostro tempo, forse l'unico, in cui non corriamo rischi, possono nascere diverbi ma solo tra noi, il cibo spesso è un motivo conflittuale, ma qui siamo fuori dalle consuete umiliazioni e aggressioni nei nostri confronti. È proprio un intervallo dello spettacolo drammatico? Forse tento solamente di raccontare quello che osservo, la cosa più difficile in assoluto. La presunzione è infinita. C'è Marthe, isolata sempre e dovunque, gli altri cercano di starle lontano, lei non se ne fa un problema. Ogni tanto alza la testa dal vassoio e parla a voce alta, cerca un ascolto ma nessuno la segue, fa finta di mangiare, spizzica il cibo solleticandolo, come fa un gatto con un piccolo topo inerte e impaurito. Stasera dell'inferno-parte-prima c'è lei e Giuliano, è assente il fidanzato di Marthe (Raffaele, almeno lui lo crede) avranno avuto una lite, avviene quotidianamente. Giuliano è su un altro tavolo, qua in mensa ci conosciamo e disconosciamo tutti. Giuliano forse teme di essere cacciato, la sua insicurezza lo avvolge e quindi tiene un comportamento esemplare, mangia zitto e buono. Di fronte a me si è seduto un uomo tra i quaranta e cinquanta, vestito con una spessa tuta, forse da meccanico. Ricorda molto un venditore di liquidi infiammabili, la tuta ha macchie d'olio scolorite da vecchi lavaggi, ma resiste orgogliosamente. Si vede che lui non c'entra nulla con lei, gli è stata regalata per coprirlo, e lui si è adagiato dentro senza timidezza la indossa onoratamente e ci sta pure bene. Lo chiamerò "omino della nafta". Ha le mani nere, di solito da quelle si riesce a percepire sommariamente da quanto tempo si è scesi in strada per continuare a vivere, come quando vedi i denti di un cane per stabilirne il vissuto. Da una mia prima analisi è già un po' di tempo che il suo tetto è il cielo. Ogni tanto stacca lo sguardo dal cibo, che mangia voracemente, ogni tanto lancia uno sguardo al mio vassoio che sta diminuendo in quantità molto più lenta del suo. Poi mi domanda

«Mangi ancora?»

«Certo, mangio piano. Non ti basta il cibo?»

L'omino della nafta «No, è che odio lo spreco»

«Mi finisco il pasto con calma, ma se vuoi, puoi chiederne di più». Rispondo.

Capisco che la vergogna nel farlo è più forte della sua fame. Cerco di capire, sono passato al pollo, sto un attimo in goduria papillativa e sospendo il parlare, ma appena finito il boccone impastato con il pane domando

«Se vuoi, vado io a chiedere».

Capisco che non viene da molto qui, in realtà passa un sacco di gente e non ricordo tutti assolutamente, tra l'altro la mia memoria figurativa è inesistente. Lui continua a mangiare con faccia colpevole, non so di che o da che cosa. Il mio corpo sfinito ha il problema vero di alzarsi o sedersi, faccio molto sforzo, dovuto alle mie articolazioni, dalla schiena a tutte le forme artritiche parassitarie che convivono con me. Il vero

problema è il momento del dormire, non tanto quando devo coricarmi, ma il momento del levarsi è diventato quasi impossibile, chiedo aiuto, quando posso. Momento di pura difficoltà, anche quando devo urinare nella notte per il dolore che mi opprime il ventre e non è più rimandabile. Continuo a mangiare, ogni tanto lo sguardo si mischia con il silenzio e s'incrocia con l'omino della nafta. Non ha risposto, deve aver più di un problema, siamo in due, anzi qua dentro siamo in... tutti, direi! Ragiono e prendo un'iniziativa, cerco di dare motivo alla mia coerenza di sopravvivere, mi alzo e vado dalla donnina del pollo e domando, quasi sfrontatamente
«Posso avere più pollo?»
«Certamente».
Risponde con accento dell'Est Europa, anche i colori del suo volto corrispondono e mi allunga il piatto di plastica con due pezzi di patate, coprendo il pollo sdraiato nella sua piscina di salsa.
«Grazie».
Il buon senso mi è rimasto intatto, il rispetto pure. Torno al mio vassoio e l'omino è sempre lì. Il suo cibo sta finendo, sono incerto sul da farsi. E se l'offerta lo offendesse? Rifletto. Pongo il piatto di plastica caldo accanto al mio vassoio, è diventato morbido e ingestibile. L'omino della nafta guarda il pollo nuovo arrivato e poi alza lo sguardo verso di me. Frammenti di vita di difficile gestione, c'è tensione mista a umiliazione, anche rabbia. Il silenzio però è vincente. Spingo il piatto verso il suo vassoio

prendendo fiducia e scivola garbatamente, passa da una proprietà a un'altra. La proprietà stancante, abusiva, quella privata, qui non deve esistere, quello che mio è nostro, il silenzio svolge il suo compito e inizia a parlare, aiutato dagli sguardi complici. La parola "proprietà", almeno in questo piccolissimo angolo di mondo, in questa sterminata capitale, all'interno di questa mensa, sopra a questo tavolo, è stata scacciata in malo modo, per oggi abbiamo vinto noi che crediamo alla sua totale abolizione.
Un momento che mi aiuta a vivere, piccolissimo ma con una risonanza interna più forte di una bomba. Grazie vita rimasta. L'omino accetta e lo versa nel suo vassoio.
Finisce qui questo incontro alla mensa, metà quotidiana di questa tribù metropolitana di rifiuti umani, che grazie all'aiuto di qualcuno continua a sopravvivere nonostante qualcuno vorrebbe sterminare senza pietà. La cena e l'intervallo scivolano verso la fine. Pulito a fondo il vassoio, devo guadagnare l'uscita, è giusto lasciare spazi ad altri. E cosi faccio. L'omino della nafta è ancora lì, impiantato al suo posto, guerreggiando con il suo cibo. Faccio un cenno e lo saluto:
«Alla prossima».
L'omino «Grazie, alla prossima».
Entrambi evitiamo approfondimenti della conoscenza, la diffidenza è di casa, e piano piano mi avvio all'uscita. Saluto i benefattori ecclesiastici e vado. Alle sette di sera a marzo Roma è ancora illuminata da

sprazzi di luce giornaliera. Il freddo non c'è, arriverà nelle prime ore del mattino, sarà il mio nemico di queste ultime mattine, prima che arrivi il tepore della primavera. Roma è una città grandissima, un serbatoio inesauribile di colori, riesce ad avere qualità anche nei suoi aspetti peggiori, svolge sempre dignitosamente il ruolo di grande madre.

Mamma Roma, e copio.

Riesce a trasmetterti calore, non pulitissimo, non gli importa nulla di questo aspetto, come se abbracciasse i sui figli con enormi braccia, stringendoli sull'enorme seno. Sono di nuovo in strada e allora che riprenda lo spettacolo.

## Secondo tempo

### *le ruote essenziali*

E lo spettacolo non si fa attendere, nel frattempo saluto quei pochi che rispondono, sono la minima parte. Ognuno di noi riprende in mano il proprio percorso solitario. Fuori all'entrata ci sono ancora dannati affamati in coda per entrare. Rieccomi cara e solenne strada, sono di nuovo qui con il carrellino che sobbalza sui marciapiedi disastrati, pronto ad assistere e partecipare a questo spettacolo drammatico, a tratti farsesco, altre volte con qualche sbavatura leggera da novella ottocentesca. In questa zona siamo molto vicini a un arco antico: Arco Sisto Quinto, un papa del passato remoto, per fortuna. Dopo averlo attraversato, si entra in un altro quartiere, San Lorenzo. Altra storia. Da quella parte si muovono spesso giovani molto diversi da quelli assurdi incontrati in precedenza. Difatti sta arrivando una coppia non comune, due bei giovani, lei bellissima, mora con capelli lunghi, con occhi leggermente a mandorla, lui un bel giovane con aria servile e meno protagonista. Lui la spinge, lei è su una carrozzina. Una coppia particolare. Si dirigono verso l'entrata, ma

non credo che mangeranno in questo ristoro divino e senza vino. Sono solo di passaggio, sono bellissimi, lei sembra costretta da poco, non ha l'uniformità con il mezzo che hanno le persone costrette da sempre a muoversi con la carrozzina a rotelle. Si avvicinano e faccio un sorriso solare, compiaciuto della visione semplice, bella e pacificante, che offrono. Mi sorridono e salutano. Lei ha un viso dolcissimo, mi guardano intensamente, rispondo ricambiando allo stesso modo. Quando sono vicini mi salutano:
«Buonasera»
«A voi», ancora rispondo a palla.
«Come va? Tutto bene?»
Non deve dare un'idea rassicurante, ma a questo ci sono abituato e l'aspetto pure si è abituato alla refrattarietà degli sguardi altrui.
«Ho appena mangiato qui»
sembrano incuriositi dal via-vai all'entrata, di queste genti non comuni.
«Questa è una mensa cristiana» (o di carità cristiana? Boh!) aggiungo io.
Loro «Danno da mangiare gratis?»
«Si esatto, solo per chi non ha futuro e ha smarrito il presente, non è il caso vostro».
Mi osservano a lungo, alternando lo sguardo contemporaneamente verso l'entrata e l'interno, non è semplice. La loro curiosità, non viene soddisfatta e continuano a farmi domande.
«Si mangia bene?»

«Per me, benissimo», poi sfrontatamente mi faccio coraggio,
«Cosa ti è successo? Di dove siete?» rivolgendomi a lei.
Si guardano, con meraviglia mi guardano, i normali quando vedono una persona in carrozzella cercano di evitare, facendo sempre finta di non vedere. Io ho abbandonato da tempo questo linguaggio, ho abbattuto i muri d'ipocrisia che hanno circoscritto il mio essere precedente. Pausa di leggera meraviglia poi ecco la vita che sputa i suoi demoni,
«Incidente in moto, purtroppo ci ha attraversato una macchina all'improvviso in una provinciale di Brescia, non sono riuscito a evitarla, lei da dietro è balzata in avanti, sbattendo la schiena, ecco il risultati, pochi danni ma definitivi»
Sono impietrito ma per poco, poi li guardo di nuovo, hanno il segreto della speranza dentro, il sorriso inalterato, il benessere espresso da due che si amano e si sono promessi di farlo definitivamente. Questo mi trasmettono, sono bellissimi, insieme ancora di più, restituiscono al mondo l'idea della bellezza pura e dell'onestà. Sono vestiti di nero, hanno gli stessi colori dei gruppettari di fascisti in erba che mi sputano veleno a vista, quando mi incrociano, ma emanano un altro odore, diffondono i colori di un arcobaleno. Lo spettacolo adesso è bellissimo, mi ha riempito il corpo e la mente, la gioia del sorriso perpetuo sul volto di lei, mi ha contagiato, è mille volte più forte della disgrazia che li ha colti. Non dimenticherò facilmente questo

incontro regalatomi dalla vita in questa sera romana e marzolina. Sono qui in questo marciapiede romano senza ordine in piedi con la mia casetta su ruote, ho incontrato la vita, l'amore tutt'uno con la speranza, non riesco a parlare e penso come salutarli.
«Che il mondo vi abbracci, come vi chiamate?» e mi sposto.
«Maurizio e Lena, e voi», mi danno del voi, vista l'età divorata.
Come faccio oramai da tempo, non rispondo, li saluto con un cenno da adulto e vado per la mia adorata via, stando bene attento a non perdere troppa affettività lungo il percorso. Ci allontaniamo, loro vanno verso la stazione, io verso l'arco del papa da dimenticare. In questo punto attraversare è complicatissimo, devo raggiungere il tunnel-inferno, e non vorrei che questo spettacolo prendesse le sembianze di una tragedia. Allora aggiro il pericolo, allungando la strada e guadagno l'altro lato della strada costeggiando il grande arco ingrato. Lo spettacolo con le sue sorprese è sempre in agguato. Poco fa ero protagonista insieme a loro, quindi vivevo magicamente sia davanti che dietro al sipario.

Dirigendomi verso l'arco continuo a pensare al meraviglioso incontro di poco fa, paragono la mia infanzia al destino vigliacco di Lena. La felicità è di chi ne ha diritto. Quando ero piccolo, cercavo sempre di inventarmi un gioco particolare, sempre lo stesso. Consisteva nel mettere in fila indiana un numero importante di piccoli oggetti. Diciamo che all'origine dovevano essere delle macchinine, ma nell'impossibilità di reperirle, le sostituivo quasi sempre, con coperchietti di bottiglie riempiti di sapone. Diventavano di un certo peso e si riuscivano a gestire bene. Creavo lunghe file adagiate sul pavimento o sul terreno, file lunghe e tortuose, che portavano via (dove?). A distanza di tempo ho interpretato quel gioco, seguivo una direzione immaginaria verso la felicità. E qui il punto, il diritto che hanno tutti gli esseri umani a conoscere la felicità. Perché ad alcuni viene tolto questo diritto, e altri non ne godranno quasi mai per l'intero svolgimento della loro vita? È la domanda che ti poni quando vedi una ragazza come Lena. Non riesci a trovare una spiegazione, da bambino quando ne vieni privato, non te ne rendi conto fin quando sei vicino ad altri che la possiedono e paragoni il tuo stato con il loro. La felicità in un mondo libero e sano dovrebbe essere diffusa dovunque, a chiunque, da bambino non riesci a distinguere le sfumature della privazione. Senti un bisogno strano, riconosci delle differenze che scatenano invidie infantili, ma non riesci esattamente a centrare il problema. Da adulto, tramite incontri tipo quello che ho avuto poco fa, percepisci tutto l'influenza della felicità sugli uomini, il diritto nel possederla o il dolore del privarsene. La domanda, spuntata fuori nel sentire la storia di Maurizio e Lena, non ha risposta, non si riesce a capire perché la sofferenza colpisce persone piuttosto che altre. Nella mia vita ho cercato sempre di scacciarla ho ricercato perennemente la felicità, come molti altri, mi sarei accontentato almeno della sorella più piccola: la gioia. Ora nella mia situazione l'analisi viene dettata a forza, è stato tutto inutile, la mia sfida nel raggiungere la felicità l'ho persa. Però traggo vigore e coraggio da gente come Lena, questo è un punto molto importante. L'egoismo vive dentro di me. La gente sofferente, si divide in due categorie. La prima è rappresentata da persone che rifiutano il proprio dolore e cercano di coinvolgere gli altri, i propri cari, nella stessa situazione, cercando di trovare conforto condividendo la stessa disgrazia. La seconda categoria è invece fatta di splendide persone che nella sofferenza riescono a diffondere intorno a loro una felicità contagiosa, questo è il caso della ragazza incontrata pocanzi. Mi ha riempito di gioia nel percorso che mi avvicina a questa notte che come al solito sarà impietosa e piena di difficoltà. Grazie Lena di questo meraviglioso regalo inaspettato, grandissima attrice di una scena improvvisata senza seguire nessun copione scritto, quando si riescono a trasmettere emozioni, si assiste a uno spettacolo totalmente riuscito, in questo palcoscenico dell'imbrunire romano. Occorre anche accettare la mia cronica vigliaccheria, il mio trasferire dentro di me la forza succhiata dalle disgrazie altrui, sentimento molto diffuso. È un'orribile verità. Perché allora nessuno trae forza dalla mia disgrazia? Domanda assurda ma me la pongo senza vergogna e non trovo una risposta. Forse perché la mia non situazione non è causata da una disgrazia, ma da una scelta, anche se costretta, diciamo una conseguenza. Cosa ne sa il mondo che mi circonda? Le disgrazie e il destino malandrino possono avere molte facce. È ora di andare, devo arrivare nel tunnel e occupare il mio posto, sperando che sia libero. A quest'ora c'è un grande traffico, le auto sfilano vie incuranti di quelli come me, giustamente. La gente al volante, in questo traffico impazzito, arriva alla sera sfinita e nevrotica, mi appoggio e li guardo dentro i loro abitacoli, mentre imprecano, s'imbruttiscono, gesticolano senza un ordine, vero spettacolo. Il tutto mentre il cielo ancora scuro ha preso sfumature rosse, si sta preparando per accogliere la notte, la parte più sensuale della giornata, la divina. Per me la notte ha avuto sempre un fascino spaziale. Ho vissuto molto di notte. Ho amato spesso di notte, forse ho esagerato, accolto dalle sue tentazioni, ho respirato le arie migliori, ho assaggiato i sapori più buoni, di notte. Grande protagonista della mia vita passata e presente, sempre piena d'incognite, con apparizioni improvvise, rifocillante e rilassante, rimarrà sempre la mia più grande amica. Ora è difficile viverti, starti accanto, devo accettarti così come ti presenti, senza limiti e barriere. Sono nell'ultima fase della vita e la magia della notte, in me è sempre enorme. Sono sull'altro lato della strada, fra poco sarò nel tunnel-inferno. E inizierà un'altra scena.

*l'inferno parte seconda*

Ecco ci sono quasi, sono all'imbocco della mia grande "camera da letto" il traffico è ancora molto, sono fermo da poco prima dell'entrata, osservo il cambio scena che sta avvenendo, il tramonto romano. Non è rapido ma è già quasi buio, più la notte guadagna spazio e più il traffico diminuisce, quindi anche l'aria all'inferno, diventa più respirabile. Il primo grande problema del tunnel è l'aria malsana, super inquinata dal traffico ininterrotto che perfora il ventre della Stazione Termini. In realtà il tunnel è appena sotto il livello della strada, di poco ma tende ad affossarsi, forse è per questo che la sua temperatura rimane sempre abbastanza accettabile. Il freddo notturno è un problema perpetuo per noi dannati. Il piccolo traforo è costruito con una grande quantità di pilastri, tra di loro si sono create piccole nicchie, piccolissimi monolocali, molto personalizzati, veri e propri gironi infernali. Siamo in tanti a dormire qui. Ci sono anche zingari cacciati dai lori villaggi, profughi di paesi lontanissimi, disperati misti e vari. Poi ci siamo noi, i veri inventori di questo residence notturno senza pareti. Le parti più nascoste e laterali fungono da toilette, ma su questo forse è meglio lasciare spazio a un'analisi fantasiosa, è meglio tirar fuori un po' di pietà che spero, ognuno di noi sia riuscito a conservare. Certamente qui nell'inferno, non esiste nessuna forma d'igiene. Spesso il gas delle auto distrugge il puzzo degli escrementi umani, è terribile, ma questa e la verità scomoda. Questo cocktail assurdo di arie irrespirabili è quello aleggia nella notte all'interno del tunnel. È durissima vivere (per dire) qui. Forse chi passa osserva le nostre disgrazie e può certamente trarne forza, dal pericolo scampato di ridursi come noi. In questo caso sicuramente si è riusciti a trasmettere vitalità e serenità tramite la nostra dannazione, in riferimento all'incontro precedente con Maurizio e Lena. Sotto c'è luce sempre, ma quando riesco a stendermi, il mio corpo rifiuta tutti gli avvenimenti esterni. Si difende, ci sono abituato, anche se nel dormire, non ho mai avuto problemi nella vita passata. Nella vecchiaia, al contrario di come servirebbe, si dorme di meno, ci si alza spesso non riposati, la dannazione della vita che si sta affievolendo e manda segnali di cattiveria, avvertendoti che il tempo rimasto diminuisce velocemente. Si ho pensato che fosse una cattiveria gratuita, alla fine della vita si dovrebbe dormire di più, per gli animali, cani, gatti, mammiferi in genere, è così. Noi uomini abbiamo troppe colpe, non è cattiveria, ma una giusta condanna per i nostri comportamenti malvagi. Una pena emessa da una corte immaginaria, molto imparziale, che colpisce frequentemente i più deboli come noi intoccabili. Sicuramente è così, con rassegnazione sconto le mie pene, qui all'inferno. Aspetto che la notte oscuri tutta la città per entrare, anche perché mi alzo al mattino ancora quando la luce, stenta a nascere. Nei momenti antelucani, il mio corpo autonomamente decide i tempi di fine sopportazione del suo stato, m'indica il momento di levarmi dal giaciglio di cartone, improvvisamente diventato durissimo. Non è buona regola addormentarsi con la luce del giorno, non fa bene secondo vecchi pregiudizi. La notte è scesa distruggendo gli ultimi deboli bagliori del giorno anche se grigi, peccato. Al mattino il sole ha più forza e si alza in alto bucando il cielo, poi prende coraggio domina quando è possibile con il suo blu oscuro e rilassante. Ora si entra in scena di questo spettacolo ripetitivo, a questo punto il tunnel inferno diventa simile alle migliori rappresentazioni farsesche con toni drammatici, descritte a sufficienza nel secolo scorso. Dopo aver fantasticato sull'alternare dei giorni e delle notti, entriamo io e il mio carrellino, le mie croste, i miei dolori, le ferite hanno smesso di sanguinare, qui sarebbe un lusso superfluo. Cerco di raggiungere le mie zone per la notte. Tra i pilastri circolari c'è poco spazio per passare le zone tra un pilastro e l'altro, sono sempre occupate da dannati, lateralmente rifiuti gettati dagli stessi, l'inferno in tutto il suo ardore. Ci sono anche giovani (profughi), ma cosa li ha spinti a venire in questo paese diventato razzista e inospitale? Forse lo è sempre stato, nascondendo molto bene i suoi sentimenti primitivi, dietro una falsa e ipocrita religiosità. Non a caso chi oggi rivendica il patriottismo e sbandiera il razzismo senza vergogna, adora Dio con tutti i suoi finti discepoli. Devo fare attenzione a non urtare nulla e nessuno, esiste una competizione vitale tra i disperati, solo sopravvivenza mal esternata, che porta spesso a scontri immotivati. Oltrepasso garbatamente i primi pilastri e le rispettive nicchie, li potremmo chiamare anche gironi infernali, ho appena passato il girone dei profughi afghani, o giù di lì, non sono quasi mai gli stessi, hanno l'abilità di conservare il loro spazio tramandato, sono vicino all'entrata quindi con l'aria migliore. La mia postazione è più avanti, e dall'altro lato. Il tunnel è diviso in due grandi corsie, ha solo un senso di marcia ma all'uscita si divide, una ti direziona verso il teatro Ambra Jovinelli, l'altro ti dirige verso lo splendido Acquario. Le due corsie sono divise, da un'altra fila immensa di pilastri tondi. Io dormo dal lato che porta verso l'acquario, la mattina cerco di raggiungere l'angolo di Via Merulana, dove spesso le carità sono consistenti. È anche un pretesto per muoversi un minimo, per non morire stanziale. Il coraggio di attraversare sotto l'inferno non manca, è relativamente facile, devo fare attenzione al traffico e devo controllare il flusso delle auto. È ora di farlo e guadagno la fila centrale, mi aiuta il piccolo marciapiede presente da ambo i lati dei pilastri. Incrocio altri dannati, mi sembrano appena arrivati, m'intristisce vedere persone nuove in questa orbita che di terrestre non ha nulla, cancella la residua speranza che ho gelosamente conservato in me. Il futuro è bruciato anche se egoisticamente mi consola la scampata solitudine notturna nell'accumunare i fallimenti raggiunti. Dopo nella notte, il terribile dormitorio si riempirà, c'è poco traffico e la temperatura è decente. Perché paragonare all'inferno questo luogo assurdo? Ho sempre pensato nel mio immaginario che l'inferno fosse un luogo terribile, luogo di tortura, inaccessibile alla ragione umana, con i fiumi (le due corsie), sporcizie ovunque, il frastuono (le auto e il rumore dei treni nella parte superiore) come deterrente, il calore dei motori simile al bruciare dei fuochi danteschi, i diversi tipi di dannati con le loro pene da scontare, le nicchie (i gironi infernali), tutto molto terribile. L'inferno è qui, questo è lo spettacolo che si ripete tutti i giorni, qui nel cuore della Capitale, e noi siamo spettatori e attori in questa scena in cui l'orrore è normalità. Sono nella parte centrale, quasi uno spartitraffico, mi fermo per prendere il fiato, l'aria è pesante, devo fare l'ultimo sforzo per raggiungere il mio letto cartonato, mi scavo dentro ripensando a tutti quei momenti della vita passata, ai divertimenti notturni Romaioli, alla cocaina illusoria ma efficace. Le mie mani sul corpo della donna che avevo accanto mentre attraversavo questo sottopasso in auto, tempi lontani, anzi lontanissimi, do ancora uno sguardo veloce alla situazione sempre presente qui sotto, non approfondisco, la sensazione del mio essere oramai rassegnato mi toglie il respiro. Descrivendo questa bruttura viene spontaneo una domanda: perché insistere nel passare la notte qui? Ci sono anche dormitori pubblici di gestione simile alla mensa, dove le condizioni sono umane e l'igiene è titubante, ma esiste. Perché allora la gente si distrugge in un posto come questo? Semplice, per accedere nei posti di accoglienza devi essere sempre identificato, nel mio caso, potrei correre il rischio di essere rinchiuso o internato. No, la mia libertà, anche se stantia, è questa, non scambio la sua privazione con posti anonimi e costrittivi. Adoro questo dormitorio schifoso ma libero, mi porterà anche a una morte precoce però ancora posso guardare il sole, la luna, le stelle, il cielo senza filtri di genere. E questo mi manda avanti nell'attraversare a testa alta con il carrellino che scende e risale i bassi cordoli di questi marciapiedi dissuasivi costruiti per delimitare le corsie alle auto. Ecco ci sono riuscito, ora mi tocca fare l'ultimo sforzo della serata, allestire il letto. Poi dovrò trovare un angolo dove urinare, la sporca comunità notturna lo fa spesso nelle zone adiacenti, ed io pure, per fortuna ogni tanto passano mezzi comunali e spruzzano disinfettante. Fra poco, con l'aiuto dell'ovatta nelle orecchie, per respingere il rumore notturno della metropoli sempre sveglia, proverò a dormire, nonostante tutto ci riuscirò. A quest'ora sono sempre assalito da pensieri contorti, guardandomi intorno non è difficile cadere in un buco nero del pensiero. Pollution, puzza di ogni genere, gente che somiglia sempre di meno a esseri vagamenti umani, la luce diffusa degli apparecchi vecchi e anneriti, appare come una luce giallastra che sa di bagno pubblico abbandonato, ci sono plafoniere antiche, tipiche delle gallerie stradali anni '80, con i vetri completamente anneriti, che non incidono sulla forza della luce, ma la filtrano e la rendono davvero surreale, come quelle pellicole di film girati con potenti filtri gialli in scene notturne metropolitane. Quindi tutto ciò che vedono le mie pupille essiccate dal tempo, a parte le velature nere della vecchiaia, sono immagini falsate. È veramente un effetto di scena, dove tutti gli elementi hanno assunto un aspetto extra per confondere lo spettatore e accendere la sua fantasia. Il risultato di questa parte dello spettacolo è la mia mente torbida. A questo punto viene assalita da uno stato confusionale, è come se tutto il mio passato si presentasse velocissimamente e non riuscisse a raccontarsi con il presente. Forse sono gli attimi tra i più duri delle mie giornate. Una confessione rivolta solo a me stesso, un'ammissione di tutte le colpe, come al solito io sono tutto, colpevole e giudice, e sono arrivato a questo punto per scontare le mie condanne, giudicato senza pietà. Ogni sera mi comporto come un detenuto mentre attende che arrivi il sonno liberatorio dentro alla sua cella d'isolamento, anche se sono in mezzo a un caos serale devastante, però sono al riparo e non è freddo. Le membra fradicie e artritiche ringraziano, loro. Devo recuperare i cartoni, li nascondo dentro a una piccola cavità vicino un punto d'emergenza della falsa galleria. Li ritrovo sempre, nessuno li tocca o li usa. I cartoni sono fondamentali per chi vive in strada, sono soffici, isolano dal terreno, tengono caldo, assorbono l'umidità. Nel codice sotterraneo di noi dannati, le nostre postazioni sono rispettate, quando qualcuno tenta di appropriarsene viene rimproverato, se non aggredito da chi è in zona. È una regola di sopravvivenza che tutti rispettano. I miei cartoni ci sono, sono gli unici averi di cui dispongo in questo spettacolo che mi sta accompagnando verso la chiusura finale. Eccomi allora al mio giaciglio, lievemente riparato tra due colonne nella carreggiata di destra, in modo che domani mattina al risveglio, sarò già verso la direzione di Via Merulana. Preparo il mio letto cartonato, due strati sul fondo, nel carrellino ho anche un piccolo plaid, trovato nei rifiuti, sono riuscito a lavarlo in una fontana, lo stendo sopra, poi ancora l'ultimo cartone. Posiziono sdraiata la mia appendice a ruote vicino, mi copro come se fossimo tutt'uno, lo siamo realmente, l'unico vero tesoro. Dopo averli tirati fuori dalla tasca, metto i due batuffoli di ovatta nelle orecchie, cominciano a essere duri, è ora di cambiarli, vedrò di chiederli all'uscita di qualche farmacia, mi sdraio, mi copro. Divento un fagottone unico, dentro a questo tunnel infernale, sotto alla Stazione Termini, nel cuore di questa grande città che non dorme mai, capitale di uno stato in piena decadenza, dentro a un mondo in assoluta era oscurantista, e provo a dormire. Si spengono le luci e comincio a vedere ad occhi chiusi. le mie vecchie pupille si chiudono. Arrivo alla sera con stanchezza e i miei occhi una volta chiusi, amano distendersi, non hanno la forza di riaprirsi prima di non aver riposato quattro o cinque ore. La parte iniziale nell'addormentarsi è molto strana, influenza i sogni seguenti, se la mente viene attraversata da pensieri colorati con ricordi positivi, i sogni seguenti saranno belli e sereni, se invece il crepuscolo serale della mente sarà negativo, tutto seguirà con influenza oscura. Lo chiamo il trapasso, non sono mai riuscito a centrarlo bene, il momento che ti accompagna al sonno. Una volta chiusi gli occhi, ripercorro il vissuto recente, gli incontri piccanti del giorno. Lo spettacolo fin qui descritto ora affronta il momento più difficile. Difficile in teatro rappresentare i sogni, dare al pubblico un'illusione all'interno di una finzione, non è semplice. Nei tempi passati, i sogni si sono rappresentati tramite i cosiddetti voli (discese dall'alto), apparizioni con trabocchetti (salite dal basso), il tutto aiutato dai diversi e strambi effetti di scena, rumori, luci ad effetto, maschere, scenografie trasparenti. Il sogno che sfida l'uomo da sempre, entra dentro la sua mente per rimanere o svanire subito dopo il risveglio, con infinite interpretazioni. Teatro purissimo, si, il sogno possiamo affermare che è sicuramente una delle migliori forme di spettacolo a cui possiamo assistere, e fra un po' inizia il mio. Tutte le notti la mia mente inventa qualcosa, viaggia in carrozze lussuose, naviga in mari inquieti, attraversa foreste impossibili, lotta con animali mai visti, combatte con uomini unici, nasce più volte, ama, muore per poi rinascere, fa all'amore con donne bellissime o scappa da mostri femminili di cattiveria unica. Allora che inizi lo spettacolo nello spettacolo. Buona visione.

Mentre passeggio dietro alla chiesa di San Babila, m'imbatto in un negozio di vernici e affini, pitture murali, specializzato per imbianchini. In vetrina vedo una bellissima cassetta di legno per mettere in posa la carta da parati. Era un lavoro che avevo fatto agli inizi della mia vita da frenetico e avido lavoratore. Mi fermo e vedo la grande qualità degli attrezzi, sono a Milano, sono qui per fare uno spettacolo allo storico Teatro San Babila, siamo nel cuore dell'unica vera metropoli italiana. Spettacolo di Goldoni, celeberrimo, gli attori sono importanti, la compagnia illustre, io sono alle prime armi e non sono nessuno. Ho le mattinate libere, s'inizia a lavorare in palcoscenico dalle diciassette fino a mezzanotte, passeggio con deliziosa curiosità, alla scoperta di questa bellissima città. È fine aprile il sole milanese c'è, non è caldo ma illumina di più dei soli meridionali, non ho mai capito il perché, ma il sole al nord è più chiaro, lampante. Controllo con cura la vetrina del negozio di vernici, è bellissimo, entro come teleguidato. Ora faccio un altro lavoro, mi piace tantissimo, ma l'imbianchino è stato uno dei miei primi lavori agli inizi di una gioventù senza nodi liscia e coraggiosa, mi fa sentire bene il pensiero di averlo fatto. Negozio fornitissimo, cose mai viste nei negozi dell'Italia centrale, l'antica efficienza del nord. Più penso e più voglio comprare quella cassetta di legno, è fascinosissima. Mi avvicino al bancone e dietro c'è una ragazza dolcissima. Un viso che ho già visto, caspita! Frugo nella memoria. Sto esplodendo dalla meraviglia! È Wanda Cavalli la protagonista del meraviglioso film diretto dal maestro Fellini, ambientato a Roma nell'immediato dopoguerra. Un vero capolavoro "Lo sceicco bianco". Sono emozionato la sto osservando meglio, non voglio sbagliare. Si è lei, ne sono certo, mi avvicino. La fisso in volto, mi faccio coraggio. sono molto scosso. La protagonista di uno dei film che adoro di più in assoluto del maestro romagnolo. Trovo il coraggio e mi faccio avanti.

«Buongiorno Wanda» (la butto in una spudorata confidenza)

«Ciao, caro» Vicino a lei un cane di taglia piccola, un piccolo terrier, bianco con chiazze nere, orecchie di stampo rivoluzionario, indipendenti, ma i genitori devono aver provato molte attrazioni fatali nel loro camino prima di concepirlo, un incrocio di mille razze.

«Come si chiama la meraviglia?»

Lei mi risponde subito «Flaik, caro, ti piace?»

«Non ho parole, tu sei bellissima e il cane è fantastico, anche lui è del settore, porta il nome del cagnolino di "UmbertoD".

Sempre io «Ne sono certo è lui vero, Wanda?»

«Già, carissimo. Ti va se facciamo un giro per il centro di Milano, con questo sole alto e fiero?»

Non credo alle mie orecchie, era ora (tra me e me). Dopo tanto cinema, che scorre nel mio sangue, rispondo.
«Volevo comprare quella cassettina, in vetrina, per la carta da parati, ma la prendo dopo, sono prontissimo, quando vuoi andiamo»
Lei apre la cassa tira fuori due banconote, richiude, si gira, raccoglie un mazzo di chiavi, prende il guinzaglio di Flaik, lui ha già capito tutto. Dopo un minuto siamo in strada verso Piazza San Babila, direzione Galleria Vittorio Emanuele. Io, Wanda la protagonista dello Sceicco bianco e Flaik, il cagnolino del meraviglioso "UmbertoD". Forse sto sognando. Boh! Non fa nulla e vado avanti godendomi il momento magico.
«Wanda, dove andiamo?»
Lei risponde come una fidanzata oramai consolidata al mio fianco.
«Va bene verso la Galleria Vittorio? Poi piazza della Scala»
Io da innamorato perso.
«Agli ordini, presente» con un sorriso molto largo.
Ci avviamo convinti, siamo un bel trio, ci completiamo. La mia sensazione è totalmente positiva, piena e rilassante, quando sei innamorato nelle prime uscite con lei ti appare tutto semplice e vellutato. Le persone diventano gentili con te, perché tu sei positivo, i colori sgargianti, il cielo è di un blu intensissimo come quelle delle Alpi, le auto ti fanno passare a ogni incrocio, i palazzi sembrano che

s'inchinino al nostro passaggio, creando un saluto di benvenuto. Grazie meravigliosa esistenza, ora siamo fidanzati, abbiamo pure un cagnolino fantastico, e che razza (è il caso di dirlo) di cagnolino. Quando la vita ti prende per mano insieme alla Dea fortuna e ti accompagna in questa raggiante mattinata milanese. Gli prendo la mano, i passi sono coordinati e sincronizzati, siamo in tre, ma una cosa sola, un'unica entità indivisibile. Ci voleva, mi sono fidanzato con Wanda con la mia protagonista preferita del cinematografo, non posso chiedere di più dalla vita. Tutto appare a nostro favore, appena lasciata piazza San Babila, prendiamo la direzione Duomo-Galleria, Corso Vittorio, Wanda mi spiega che è una passeggiata classica, e mentre lo fa mi fermo e la guardo, parto deciso, le do un bacio sulle labbra. Lei gradisce e ricambia le dolcissime umidità. Flaik ci controlla con il suo intelligente musino all'insù e dopo un'iniziale perplessità, si adegua alla nostra fermata irrinunciabile. Il bacio è lungo e appassionato, tra due innamorati veri, poi il distacco crudele. È sempre dura e impietosa la fine di un bacio. Vedi? Mai disperare, pensavo di non innamorarmi più, e invece è entrata nella mia vita una delle mie attrici più amate del grande schermo, stranamente non sono sorpreso, me lo merito. Ci riprendiamo per mano e appena passata Piazza San Carlo, ci fermiamo a vedere un negozio di profumi, sembra super costoso. Il mio istinto ordina di staccarmi dalla vista della vetrina, ma lei tenendomi

per mano sempre più forte, si gira mi guarda e mi dice.
«Entriamo» Non era una domanda.
«Va bene, ma io non posso...»
Poi lei velocemente mi tappa la bocca. Si entriamo con Flaik che si guarda intorno incuriosito ma non disorientato, con un'aria principesca.
Ora non ci teniamo più per mano, ho preso il possesso del guinzaglio del piccolo amore, non ne avrebbe bisogno, segue alla lettera tutti i nostri movimenti, ma per non suscitare attriti con i proprietari di questo lussuoso negozio, lo tengo vicino a me mentre Wanda si mette a guardare l'esposizione dei prodotti, domandando di provare questo o quello, informandosi sui costi. Anche questo non m'imbarazza, cerco di affrontare la mia indifferenza e il perché. Trovo immediatamente la risposta. Tutto quello che è esterno al nostro amore è virtualmente ininfluente, senza peso specifico, scorre lungo i perimetri dei nostri corpi, scivola lontano dalle nostre menti unite. Vittoria assoluta su tutti i fronti, momento di puro benessere, e ne godo appieno. Sono lontanissimi i tempi della sofferenza, cancellate tutte le forme dannate opprimenti, distrutti tutti i pilastri portanti di quell'enorme solaio pesantissimo e trasparente che impediva il liberare della felicità. Sento Wanda che afferma:
«Va bene prendo questo»
Non sono vicinissimo a lei, con Flaik facciamo i vaghi, gironzolando dentro fintamente curiosi in questo

negozio platinato. Le nostre facce sembrano osservare alcuni prodotti, ma in realtà controlliamo a distanza la nostra amata. Quanto cinema c'è qui dentro in questo momento! Questa volta mi sono meravigliato cerco di non farlo capire. Wanda paga, si gira e fa cenno di andare, ubbidiamo e seguiamo. Appena fuori riprendiamo lentamente Corso Vittorio, lei tira fuori il profumo ne spruzza sul mio collo una piccola quantità, buonissimo, è un'essenza sconosciuta, fragranze primaverili, fresche, muschiate, con contorni di agrumi. Favoloso, un profumo che non ha sesso, un'altra cosa unica per noi, ci unisce ancor di più, esaltazione della coppia in assoluta, non dimenticando la pura bellezza di Flaik, che già di suo, emana un profumo ghiandolare che a me piace molto.

Vedo la felicità negli occhi di Wanda, non avevamo bisogno di questo meraviglioso regalo, ma lei, lo leggo nel suo volto, voleva consacrare questa nostra unione come un incenso, quando sparso per gli ambienti, crea sacralità e mistero fascinoso con un aroma meraviglioso. Insieme spruzziamo nell'aria il profumo dell'amore, in questa splendida e gloriosa mattinata milanese, proseguendo per il Corso. Con questo profumo ogni istante è diventato protagonista e felice, aiuta a distruggere sgradevoli sensazioni negative all'olfatto che incontriamo sul nostro tragitto, ha la fragranza della rugiada asciugata dal sole di primo mattino, con retrogusto dei campi appena mietuti a giugno, per rendere omaggio all'uomo che li ha curati, il profumo del mare quando si agita e sbatte sugli

scogli, ardui difensori della terra, contro l'invasione indesiderata. Si continua a camminare, il mondo è tutto sotto i nostri piedi, sinceramente io non sento più il contatto con il suolo. Sono felice, sono in estasi riempito di un amore ricambiato. La gioia vorrebbe esplodere. In pochi minuti la mia vita si è trasformata totalmente, non mi chiedo il perché e me la vivo. Wanda se ne viene fuori e mi domanda:
«Ti va d'incontrare Vittorio e Cesare, mi devono parlare di un film, stanno scrivendo la sceneggiatura, mangiano sempre alla trattoria "Il dito al naso" dietro la Galleria, se vuoi ci facciamo un salto»
Penso di aver capito, ma non dimostro incertezze:
«Ma certo, vengo a salutare»
Lei mi guarda decisa:
«Stanno lavorando a un film ambientato qui a Milano, vogliono intitolarlo Rivolta a Milano, io ogni tanto partecipo alle loro riunioni, cerco di metterci alcune mie idee. Loro ascoltano, vogliono darmi la parte della protagonista femminile, allora ci passiamo?»
«Siiiiii!» Rispondo gioioso.
Ho intuito che i due sono la coppia più prolifica del cinema italiano, con gli Oscar già sulle spalle. Non siamo distanti dal Duomo. Giriamo per Via Agnello per poi arrivare a Via Marino. Seguo Wanda senza nessun dubbio, la trattoria è in Via Marino, lì troveremo i due artisti. Stranamente non sono attraversato da emozioni che da sempre devastano il mio equilibrio. Sono un altro da quando amo, da tempo avevo smesso di baciare, la bocca di Wanda mi

ha trasformato, mi ha ridato il futuro, le certezze vitali, ho ancora il suo sapore, cerco di deglutire il meno possibile per conservarlo più a lungo, ma penso che prima di entrare nel locale cercherò di baciarla ancora. Agisco subito. Difronte a piazza San Fedele mi fermo, guardo Flaik con comprensione, lui intuisce, Wanda ha già capito, brevissimo sguardo e ci abbracciamo baciandoci lungamente, il piacere è immenso, sconfina con l'estasi. Flaik è sofferente, nell'abbracciare il guinzaglio è diventato corto e il collo del piccolo amore è sotto stress. La sua sofferenza è la nostra gioia, è così purtroppo, non ne soffro sapendo che finirà in un tempo accettabile. La chiesa di fronte sembra allungare due braccia nascoste riparando gli occhi nascosti dalla visione blasfema del nostro baciarsi, in realtà è solo il trionfo dell'amore e della purezza, l'amore vincerà su tutto. In realtà è molto che lo dico ma senza convinzione, forse ora in tutto quello che mi sta accadendo, sembra più semplice da raggiungere. Il distacco è sempre crudele Wanda mi piace dovunque e comunque, in ogni angolo, in ogni momento, tutto il mondo intorno, durante i nostri baci e abbracci, non esiste più. Durante la dolcezza del nostro contatto, i palazzi ricostituiti di questa Milano consegnataci dopo la guerra, sono tutti trasparenti, i muri si possono attraversare, anche se con delicatezza, i vetri sono di zucchero, l'asfalto è cioccolato, il cielo zucchero filato. Riprendiamo il comportamento classico e ci avviamo verso la trattoria, mancano duecento metri. Sembro diventato d'acciaio,

impenetrabile a ogni evento esterno, non è così. È mutata la mia vita, ma soprattutto la visione della vita, ora mi sento ricchissimo, libero, fresco, Wanda è una certezza, sono dentro al cinema, sogno realizzato completamente dalla testa a i piedi. Lavorare al cinema è stata sempre la mia aspirazione. Adesso sono fidanzato con una star, sto per entrare in un pranzo insieme a due artisti geniali del dopoguerra. Il lavoro che facevo prima per mantenere una famiglia sospirata e non voluta non c'è più, sono dentro l'arte più sofisticata che l'umanità abbia mai espresso. Eccolo il cinema con tutto il suo splendore (cinema Splendor, memoria non mente), mi devasta il corpo e prende possesso della mia mente e io me lo faccio fare senza nessuna resistenza. In gioventù giuravo che avrei fatto qualsiasi cosa per lavorare e vivere il cinema al suo interno. Ci sono riuscito. Grazie vita, mi sembra di sognare. Eccoci di fronte alla trattoria. L'entrata classica del vecchio punto di ristoro anni venti, molto milanese, le influenze europee si fanno sentire anche sull'aspetto esterno. Bella, accogliente, restituisce una visione d'intimità e un ambiente decisamente familiare. Entriamo, c'è anche Flaik, non penso ci siano problemi, poi l'immenso Vittorio, lo conosce bene, è stato protagonista del suo film straordinario. Siamo accolti da un anziano, seguito da un altro, dovrebbero essere fratelli.
«Buongiorno, desiderate» accento milanese superlativo.
Wanda risponde con sicurezza autorevole.

«Cerchiamo il signor Vittorio e il signor Cesare, abbiamo un appuntamento con loro»
Io e Flaik assistiamo decisi facendo finta di non sapere nulla, i presunti fratelli non ci degnano neanche di un veloce sguardo. Questo mi rassicura sugli eventuali problemi che il piccolo amore potrebbe scatenare. Tutto molto tranquillo. Intravediamo i due artisti in un piccolo tavolo, incapace di contenere anche noi, ma non sembra un problema. Il primo trattore ci guarda e risponde.
«Benvenuti, accomodatevi, dovete mangiare?»
L'altro, presumo sia suo fratello, ci guarda, sembra indifferente a tutto e soddisfatto del suo ruolo da comprimario. Tutti e due hanno una bellissima parannanza, stile oste modello inizio secolo, con su disegnato un dito dentro a una narice, simula una delicata pulizia e asporto. Sotto al disegno una scritta con caratteri antichi e comici "*IL dito al naso*".
Rispondiamo insieme.
«Forse un pochino, ma vediamo poi» Siamo indecisi.
Vittorio e Cesare riconoscono Wanda e la chiamano, giunti al loro tavolo, presentazioni di prassi, Vittorio accarezza dolcemente Flaik, poi mi stringe la mano, a seguire Cesare lo imita. Ci sediamo, è un tavolo per tre ma non importa, un lato è appoggiato al muro. Ci stringiamo, la confidenza e l'intimità vincono. Flaik si rifugia sotto il tavolo, creandosi fantasticamente una tana immaginaria. Il locale è fatato, i muri sono pieni della storia del cinema, ci sono anche vecchie foto con l'anima da cartolina della vecchia Milano,

meravigliosa, piena di tram e di carrozze. Un locale dal fascino assoluto, nell'aria si respira l'odore dei risotti, e dell'arte che trasmette questa storica osteria diffusa dagli artisti geniali. La vita mi sorride. I due fratelli, da bravi trattori, intrattengono i clienti con parole serene e gentili, parlano un italiano stentato sforzandosi di evitare il dialetto stretto, che li possiede.
Vittorio inizia a parlare.
«Cara Wanda, ci siamo quasi, con Cesare abbiamo stabilito il titolo e arrivati alla scena finale»
Cesare:
«Sul titolo io ho dei dubbi, voglio il tuo parere, carissima». Per il momento, dopo la presentazione della mia adorata, m'ignorano, accetto umilmente il ruolo.
Vittorio.
«Il titolo è "Rivolta a Milano»
Wanda.
«Bello! Ma non mi convince del tutto»
Lei si rivolge a me facendo un brevissimo riassunto, poi mi chiede.
«Che ne pensi del titolo?»
Intanto l'oste che ci ha accolto, porta due tovaglioli, posate e bicchieri, l'altro appoggia nei due pizzi del tavolo due piatti con trippa alla lombarda. Vittorio e Cesare ci fanno un po' di posto,
«Mangiate, poi ragionerete con i due maestri» L'anziano proprietario ci ordina con falsa e simpatica autorità. Guardo il mio amore e non la vedo convinta del cibo servito, si ubbidisce agli ordini. È un

contrasto, un piatto così belligerante e tempestoso con la dolcezza e la delicatezza di Wanda. Pazienza, dobbiamo accettare. Approfittando della familiarità del tavolo rispondo alla domanda di Wanda.
«Non conosco il finale, è importante per bilanciare un titolo» Vittorio mi guarda e mi dice.
«Bravo, osservazione molto acuta».
Inizia a illustrarmi il finale con una sintesi poetica. Intuisco che sia l'inizio della fine, hanno come protagonista la purezza dell'uomo, distrutta dalla guerra e la volontà di cancellare ogni forma d'ipocrisia. Vorrei vivere *"In un mondo dove Buongiorno significhi ancora Buongiorno"*. È questo il meraviglioso messaggio del film. Allora penso e mi butto.
«Buongiorno Milano, Buongiorno Vita, potrebbe essere».
Tutti e tre mi guardano stupiti, anche Flaik, mi punta. Mi emoziono, non temo nulla. Parte Cesare nella risposta.
«Non è male ma non convince, mi lascia come mi trova, abbiamo bisogno di un finale che rimarrà, che segni definitivamente».
M'illumino, lo sento ci sono e riparto all'attacco.
«Se l'ultima scena è l'arrivo in Piazza del Duomo di tutti i barboni che ruberanno le scope agli spazzini con cui voleranno sopra a Milano, il titolo giusto deve essere
Miracolo a Milano».
Sia Vittorio, sia Cesare sgranano gli occhi, poi capiscono la mia splendida idea. Wanda rimane senza

respiro. Tutti e tre si alzano in piedi e mi dedicano un brindisi, Flaik accenna a un piccolo lamento di felicità. Sono entrato nel grande cinema, ci sono riuscito dopo tanti anni di studio e attese, di sacrifici, pianti e tristezze, fallimenti, ora sono anch'io un autore, mi sento il futuro come amico, sarò protagonista. Non posso pretendere di più dalla vita che mi ha sorriso. Wanda mi dà un piccolo bacio sulle labbra, i due maestri si stringono la mano, mi sento amato e ricambiato, il successo, lo avverto, presto sarà mio. Mi faccio forza bevendo un bicchiere di vino, Vittorio rivolgendosi a Wanda.
«In Piazza Duomo abbiamo allestito il set per girare la scena finale del volo dei barboni, volete venire con noi?»
«Certamente!» Rispondiamo dopo esserci scambiato uno sguardo gioioso. E allora via! Si va in Piazza, pagano loro anche per noi, non avevo dubbi. Siamo a ridosso della Galleria Vittorio, e presumo molto vicini al set. Tutti in piedi, salutiamo con calore gli osti, che sembrano usciti da una pellicola di Keaton, bellissima immagine milanese, e usciamo verso l'entrata della galleria che affianca Piazza della Scala. Sulla sinistra Vittorio e Cesare si scambiano parole, sicuramente importanti, di lato Wanda, io e Flaik, siamo come trascinati e trasportati da un'immaginaria forza che ci spinge verso un paradiso molto laico e terrestre. Eccoci alla vista del grande Teatro, la Piazza austera che se la tira come una signora quando entri nella sua ricca casa, mancano solo le pattine per lucidare il

pavimento per quanto è lustrata. Giriamo entriamo nella splendida Galleria, epicentro di tutta quella storia, che agli inizi del secolo, creò e modificò il destino del nostro paese. Passiamo accanto al luogo dove morì Bruno Filippi, una leggenda; ma questa è un'altra storia. È perfetta, non ci sono molti aggettivi per poterla descrivere, trovo nel suo presentarsi la perfezione della luce, l'eleganza, riesce ad essere intima e sperduta allo stesso tempo, ora grandissima, ora modesta, è proprio ben riuscita. L'attraversiamo passando negozi di extralusso, chiaramente noi cinque siamo il cinema in Galleria, suona quasi come una beffa, ma è così. La luce del primo pomeriggio riesce a scoprire tutti suoi angoli, mentre gruppi di piccioni tentano vanamente di entrare, ma le reti e altri impedimenti li lasciano all'esterno. Il pavimento è parlante, riesce a trasmettere un dialogo con chi lo calpesta, cerco di fare attenzione, cammino delicatamente per non urtare la sua sensibilità. Wanda ed io non lasciamo più le nostri mani, con l'altra tengo il guinzaglio di Flaik, lo controllo con la coda dell'occhio, lui scruta meravigliato, ma disinvolto come un cane regale, in fondo lo è. I due maestri, insistono nel parlare del valore del "Il mondo del Buongiorno", cerco di ascoltare senza farmi notare, ogni tanto la mia timida provincialità ritorna a farsi viva. Siamo giunti quasi all'uscita che sbocca in Piazza Duomo, comincio a intravedere dei piccoli furgoncini con grate, sono i mezzi delle forze dell'ordine tipo camionette per arrestare gente di piazza, un po' datate,

ma ancora efficaci. Sono un numero consistente, impediscono vedere oltre. Siamo all'angolo del mitico bar con il famoso aperitivo in bellavista, mi faccio sotto, mi rivolgo ai Maestri.
«Possiamo offrire qualcosa?» abusando della complicità della mia amata. Loro mi guardano e declinano l'invito indicando la Piazza, sembra un piccolo richiamo al dovere. Anche Wanda non ha gradito questa mia offerta (troppo invadente?), pazienza, mi è venuta spontanea, non sono riuscito a frenarla. Appena fuori la Galleria, la piazza enorme appare e ci avverte della sua imponenza, facendoci diventare minuscoli, siamo in tanti. Ci sono tutti i tecnici con le macchine da presa, i binari di scorrimento per girare, le comparse–barboni, gli scopini, i poliziotti. C'è tantissima gente ai lati, stavano aspettando i due artisti, regista e sceneggiatore, noi siamo con loro, la vita è meravigliosa, il cielo è blu e il sole splende davvero. Piazza del Duomo sembra un enorme studio del cinematografo, rilascia un incantesimo unico, tutti, dico tutti, sono affascinati da qualsiasi cosa in movimento, in questo enorme studio all'aperto. Il Duomo sembra vigilare i lavori in corso con molta sobrietà. Ci sono anche spettatori tenuti ai lati morti del set per non interferire con il girato. Si respira un'aria magica, si avvicinano a noi i tecnici responsabili del set, noi siamo sempre vicini a Vittorio e Cesare. Da quello che abbiamo intuito, devono girare la scena finale con gli effetti speciali. Ascoltiamo l'impianto della scena illustrata dal maestro Vittorio al

capotecnico. Consiste nella liberazione dei barboni, detenuti nelle camionette di sicurezza scesi a terra rubano gli scoponi ai netturbini e iniziano a volare nel cielo di Milano, diretti in un mondo dove" buongiorno vuol dire ancora Buongiorno". Qui Wanda ed io, con Flaik sempre attaccato a noi e un po' intimorito, ci guardiamo con felicità mista a meraviglia, ci rendiamo conto di assistere a una delle scene più belle del cinema di tutti i tempi, il titolo lo abbiamo consegnato noi alla storia. Si è un vero miracolo essere qui, forse un sogno, amore, poesia, magia, riscatto. È il Cinema. Si continua a discutere e a lavorare, non è una scena facile da girare, anche se poi gli effetti magici andranno curati altrove. Ora abbraccio la mia amata, osserviamo a distanza, non eccessiva dalla sala di comando, definiamola cosi. Milano, grande ruffiana, ci ha fatto conoscere, innamorare, ora siamo diventati coautori del film più magico della filmografia universale. La grande metropoli attende nel suo addome di partorire la bellezza, fa finta di nulla, l'aria è persino limpida, le facciate dei palazzi che si affacciano sulla Piazza, sembrano grandissimi faccioni grassi con gli occhi ben aperti, ansiosi dell'avvenimento sensazionale che sta per accadere. Il gruppo dirigente continua a parlottare, noi siamo lì, fermi in un angolo vicino alla sedia del regista, anche un po' impazienti di vedere cosa accadrà. A un tratto si avvicina un uomo, da quello che ho visto sembra il responsabile tecnico del set. Viene verso noi e ci dice.

«Vittorio vuole che partecipiate al volo, anche con il cane, lo conosco bene l'ho avuto sul set del film UmbertoD» Wanda è quasi commossa, io pure.
«Non abbiamo parole, sicuramente ci siamo!!»
I maestri ci guardano sorridendo, è tutto un sogno.
Il capotecnico.
«Dovete vestire i costumi dei barboni e prendere un po' di trucco, seguitemi!» ci porta dentro a un camion allestito a camerini, abbastanza vicino all'angolo con Via Mengoni. Siamo dentro, Flaik viene coccolato dalle ragazze che sono all'interno, pettinato, lui è la dolcezza con pelo. Si tratta di due semplici costumi, fintamente usati e non pulitissimi, il trucco è leggero, deve renderci un po' meno raggianti, soavemente sofferenti, non sarà facile smorzare l'amore e la felicità dal nostro volto. Ci riescono in quindici minuti siamo fuori e pronti a recitare le nostre parti. Wanda è un'attrice famosa, io un tecnico teatrale che non conosce nessuno. Flaik è un vero divo. Le ultime indicazioni del capotecnico, si avvicina Vittorio e ci consiglia:
«Andate e volate anche per me, per tutti i barboni e i poveri del mondo, mettete il prezioso Flaik davanti a seguire te poi Wanda, sullo scopone che vi porterà serenamente ad accarezzare le stelle, sorridete nel viaggio verso il mondo del Buongiorno»
Noi ringraziamo. Inizia la scena. S'inizia a girare. Dobbiamo prendere lo scopone tra le mani di uno spazzino, il nostro non è molto credibile, ma il suo è un ruolo minore, non viene quasi inquadrato, poi

dobbiamo salirci sopra, a cavallo e iniziare a volare. Via si va, tutto procede ed eccoci in volo. Il pomeriggio possiede un cielo davvero sincero. Davanti Flaik, felicissimo, a seguire io, dietro Wanda che mi abbraccia stringendomi forte sull'addome, è un po' intimorita dal possibile cadere. Inizia il nostro volo e viriamo per passare sopra al Duomo per ammirarlo da sopra, magnifico e colossale. L'aria non è calda ma non sentiamo freddo, è troppo lo stupore, cancella ogni sentimento in superfice, il mondo è sotto di noi, Milano appare, confusa, senza ordine nella sua enorme estensione. Stiamo volando sopra al duomo Wanda si avvicina al mio orecchio e mi sussurra.
«Ti amo!» il vento diffonde nel cielo queste parole magiche, cerco di stare attento dando la direzione più intelligente al manico dello scopone, il vero timone di guida. Ecco la "Madonnina" tutta d'oro, quasi la tocchiamo per quanto siamo vicini, i piccioni ci guardano incuriositi, la gente nelle terrazze sopra al tetto ci applaude. Sono curioso di vedere una degli edifici di Milano iconici, la Torre Velasca, difatti giro alla mia destra, so che non è lontana. Comincio a intravederla, è meravigliosa, secondo me non è tanto apprezzata, la trovo stupefacente, simbolo della recente architettura milanese, emblema della ricostruzione del dopoguerra. Appena intravista, spiego a Wanda l'origine della torre, lei non conosce la sua breve storia, è sempre troppo impegnata dal suo da farsi. Il vento si scontra con le orecchie del piccolo amore peloso, lui è davanti come un principe, guida le

sue guardie all'arrembaggio, verso un mondo nuovo, non ha paura, è tutt'uno con noi come sempre, non teme nulla, ci ama, noi lo adoriamo. La vista da quassù è bellissima, ci affianca un grosso uccello dalla faccia simpatica, rimane a una distanza di pochi metri, va più forte di noi, ci indica con un'ala di seguirlo. Ubbidisco, dopo aver ammirato il totem Velasco, si cambia direzione. Vedo dei fiumi e un piccolo lago. Dall'alto ho riconosciuto i Navigli, grandi e piccoli con la Darsena, il vecchio porto nel cuore di Milano. Siamo nel meriggio inoltrato, il sole è ancora alto e noi essendo più vicini, godiamo della sua austera presenza. Io sono il vento, sono la Milano ribelle, la metropoli intelligente, io sono il sole, la vita, l'animo e lo spirito libero e iconoclasta, sono insieme ai miei amori, ho in pugno la vita e la morte, come vorrebbero tutti gli uomini. Io sono lo schiavo, il suo padrone, la guerra, la pace, vedo e domino tutto dall'alto senza più filtri, i valori soffocati dell'umanità falsa, ricca e povera, sono il giudice in volo, da quassù mi sento immortale e invincibile, possiedo le chiavi dell'esistenza e della guerra purificatrice. Wanda e Flaik sentono tutto questo, sono complici e protagonisti di questo viaggio aereo verso il mondo del "Buongiorno", sono e saranno sempre con me. Tutto ciò è sicurezza acquisita, la forza trasmessa ci mantiene alti e padroni del vento, del cielo e dell'aria. Ecco la luna, com'è vicina, sembra una bellissima fata pronta a far scattare uno splendido incantesimo ad ogni sera, ecco le stelle, sono tante lì a guardarci, pazienti, aspettano il nostro

arrivo per porgerci un'accoglienza luminosa, è un trasporto vellutato accompagnati dal loro splendore.
Addio ingiustizie terrene, addio cattiverie umane, perfidie, mondo sfruttatore, noi ci avviamo verso la liberazione. Addio odio, addio guerre, uccisioni senza perché, mai più una società di differenze, il mondo senza ne poveri e ricchi ci aspetta. Lì saremmo in tanti, tutti, dopo tanti secoli la libertà vincerà sul protagonismo individualista, senza freni, senza occupazione di terre altrui. Il vento contrario ha reso le nostre chiome rivolte all'indietro, negando l'opposizione al viaggio, la felicità è persino dentro il manico dello scopone che è diventata la nostra comodissima carrozza volante. Non sentiamo freddo, non abbiamo caldo, né sete né fame, Milano appare come una regina distesa mentre prende il sole in riva ai tanti laghi non distanti, laghi che con i loro riflessi hanno illuminato le migliori menti del passato, generando grandi frammenti letterari. Via veloci giriamo verso i giardini Piermarini. Il mio pensiero vola insieme, mentre guido, in me è sparita la speranza, non ha più posto, ha lasciato il comando alla certezza della giustizia del mondo che ci aspetta, non ha colpevoli, ne assassini, gli sfruttatori sono scappati e morti di stenti, i barboni non ci sono più, dormono in case normali, con le piccole comodità, degli uomini "normali". Nella terra dove atterreremo, non ci sono più colori diversi della pelle, le donne sono libere, hanno gli stessi diritti degli uomini, la malvagità maschile è stata cancellata, al mattino il pane e il cibo

vengono distribuiti gratis a chi ne ha esigenza, non ci sono più armi, gli eserciti sono sati smantellati, le case sono tutte uguali, l'amore è dovunque, dietro ogni angolo, è sempre presente, vince su tutto, anzi stravince, distruggendo ogni inutile polemica e discriminazione. Ognuno può fare all'amore con chi vuole e come vuole, i bambini sono come raggi di luce che vengono dalle viscere della terra, il sole forse è presente sia in cielo che nel cuore del pianeta, esce fuori seguendo le corse spensierate e scoordinate dei fanciulli gioiosi, lasciando scie di felicità brillante, come piccoli sentieri piastrellati di diamanti. È noi siamo diretti lì, nel mondo del "Buongiorno". Siamo sopra i giardini disegnati dal grande architetto, vicino a Porta Venezia. Snodo cruciale della città che decise il destino negli anni venti. Ecco lì vicino distinguo l'ex Teatro Diana, ora albergo. In mezzo a questo volo purificatore, la mente va a quella tragedia che avvenne al Diana. Oggi più che mai dopo tanti anni, spero che la verità affiori. Strage che scatenò volutamente il destino seguente, riducendo il nostro paese in uno stato orribile. Cerco di guidare senza lasciare pezzi di cuore lungo il tragitto, Wanda sempre abbracciata mi stringe forte, siamo una sola entità. Flaik osserva e assiste cosciente e sazio di un piacere inaspettato e sconosciuto, ora amico. Continuo a guidare verso il grande corso, dopo porta Venezia sfocerà nella Piazza giustizialista. Piazzale Loreto dove l'uomo giustiziò gli uomini che fecero morire centinaia di migliaia di altri uomini. L'immagine disumana e tristissima di un popolo che si trucidò, all'inizio compiacendo, poi distruggendo il regime assassino. Il Piazzale fu testimone, giudice e patibolo rovesciato, pagina sfiancante e indelebile del brutto paese, che in quel piazzale finì, cercando nuove vie e nuove speranze. Il mondo dove noi siamo diretti non avrà più bisogno di fare giustizia, perché non ci saranno più colpevoli né vittime, siamo certi di arrivare presto e non ci ostacolerà più nessuno. Intravedo in lontananza una luce diversa, un bagliore intenso con tutti i colori dell'arcobaleno come un anello immenso che ruota lentamente. Ci siamo, siamo arrivati, comincio a gridare e Wanda e Flaik sembrano scoppiare dalla gioia. Ci siamo, il mio grido è deciso prolungato e forte, siamo vicinissimi al mondo dove "Buongiorno vuol dire buongiorno". Sento un dolore a una gamba.

«Buongiorno, sveglia deve andare via da qua, non si può stare». Due vigili mi hanno svegliato in malo modo, il Tunnel inferno parte seconda, ovvero il Sottopasso Turbigo (così si chiama) è molto distante dal sogno a quel mondo protagonista. In fretta dimentico il piacere che mi aveva avvolto nel sogno, ritorno ai miei orrori e alle mie pene da scontare. Il mondo è ancora quello di prima, pessimo esempio da lasciare a chi seguirà.

*l'odore dell'Africa*

Al risveglio i dolori sono innumerevoli, a fatica rispondo alle due guardie ingrate e maleducate, senza comprensione.
«Ok, mi alzo e me ne vado»
Loro insistono «Non dovete più venire qua, fra poco chiuderemo tutto, andate a morire da un'altra parte, il vostro non è vivere ma è morire». Spesso la bonarietà della divisa non ha limiti. Riesco a rimettermi in piedi aiutato da una specie di bastone, lo tengo sempre vicino a me nella notte insieme al mio carrellino. Si lo sapevo, è un po' che sento parlare di queste chiusure, non sarà semplice affrontare il prossimo inverno, l'estate passa comunque, ma nella prossima stagione fredda, il mio corpo forse non ci sarà più. Mi avvio all'uscita del tunnel inferno, lo lascio con amarezza di un risveglio violento, ripensando al sogno oramai quasi svanito nel nulla. Sono pronto per un'altra apertura del sipario, pronto a partecipare all'ennesima

scena del giorno, sempre la stessa e mai uguale. Lascio il rumore sordo dei treni che passano sopra, ricordano il continuo borbottio di un gigante in difficoltà. Imbocco Via Cappellini, entro in una dimensione distante dalla capitale, anche se ci troviamo dentro la sua pancia, qui siamo in un altro continente, per poco ma attraverseremo l'Africa. Nel dirigermi verso l'Acquario cercherò di salutare Blu, osservo la pensilina all'incrocio con Via Giolitti, comincio a immaginare un posto dove dormire prossimamente, però ci ragiono e non va bene, è abbastanza riparata, ma piccola, non basterà a ospitare tutti i derelitti del sottopasso, poi è abbastanza scoperta ed esposta al vento. Niente accetto la negatività mattutina e vado avanti. La strada è leggermente in salita. Ci sono molti colori, le persone che sono ferme lì a parlare con lingue musicali e lontane, gli odori, i non odori, le sporcizie e la vita con il suo arrangiarsi, danno l'idea di essere a ridosso del centro di qualche grossa metropoli africana. Di solito non creano problemi, tranne quando bevono alcol, per loro è una droga ancora da metabolizzare. Quando le loro violenze arrivano allo scoperto, la carne viva della sofferenza con le sue ferite si fa dolorosa e aggressiva. Gli odori però sono gli stessi di Calcutta o Nairobi, almeno molto simili, occupano l'aria senza lasciare spazi, ci sono diverse mamme grasse o grassissime, con un numero importante di bambini, facce tonde nere e bellissime. Di fronte a me i colori del continente più enigmatico del pianeta, lo immagino così immenso e diverso, a tratti limpido, a tratti oscuro, in alcuni punti bellissimo, altre zone inospitali e quasi inutili, ricchissimo e poverissimo, conteso da secoli, sfruttato da popoli stranieri infami con metodi disumani, oggi schernito e deriso da personaggi mediocri senza conoscenza. Le donne sono ancora in uno stato di sofferenza, i dettati dei vari codici religiosi rendono la vita femminile dura e complicata, molta salita le aspetta, sperando in una loro liberazione, passando di qui, si sente incombere la repressione, i respiri soffocati degli oppressi. Roma è bella, una bella donna anziana che ha perso l'amore per il suo corpo, sudicia e puzzolente, qui non fa eccezione, anzi è sublime l'incuria, l'abbandono, il totale degrado nelle viscere di un quartiere dal glorioso passato, difficile trovare altre grandi capitali europee ridotte così, da anni vago per queste strade ma non vedo soluzione, la sporcizia in queste vie africane è ammucchiata da giorni e giorni, sui marciapiedi non si pulisce da mesi, forse da anni, gli africani certo non contribuiscono a un miglioramento. Il tempo passa ma i ricordi dei miei trascorsi in terra d'Africa non svaniscono come i sogni, hanno lasciato un segno indelebile, una cicatrice mai assorbita, l'odore del paese arabo dove ho vissuto per diversi mesi, la musica di solo ritmo, il convivere gioiosamente con la sabbia, mi ha fatto diventare un'altra persona. Ero giovane allora, il deserto mi apparì regalandomi la stessa emozione del mare perché in fondo è un mare senza acqua, riesci a vedere il fondo, a camminarci sopra. I tramonti e le albe in pieno Sahara, sono stati momenti meravigliosi del mio percorso turbato. L'Africa è come una spina di cactus, se ti entra sottopelle in qualche modo lascia un segno, anche se piccolo, ma immortale, eterno, non va più via. Il desiderio di rivedere quelle immagini, quei colori, ti rimane per sempre. Capisco la malinconia di questi giovani che fanno di tutto per arrivare qui, sperano, muoiono, vengono torturati, derubati, immaginando un mondo migliore, venduto dai vecchi coloni europei e occidentali che ingannano da secoli popolazioni considerate minori. Secoli fa il trattamento era identico, la schiavitù legalizzata, giustificata da una superiorità sbandierata, ora la schiavitù è qui. È cambiata solo la destinazione, prima sfruttavamo questi popoli a casa loro, adesso lo facciamo spudoratamente a casa nostra. Quando lo spettacolo diventa duro e scomodo, il regista spesso sceglie di tagliare. Qui non si taglia nulla, è spettacolo puro, la rappresentazione vitale di un quartiere, di una società alla deriva come i barconi che trasportano questi poveri umani, scontrandosi sugli scogli delle nostre coste con l'indifferenza dello stato. Provo sofferenza, pena e schifo a vivere in questo mondo, non sto facendo nulla per evitarlo, lo so, anzi il mio vivo spettacolare sembra studiato per accelerare una fine non lontana. Vigliaccheria? Forse è proprio così. Via Serafini sta finendo, faccio a fatica la salitella, a destra e sinistra, gruppetti di africani, famiglie molto giovani ben mostrate, hanno l'aria di chi aspetta qualche chiamata al lavoro che può cambiargli la vita, arricchiranno qualche padroncino italiano. Passo tra loro in questa scena dello spettacolo che nessuno vorrebbe vedere, mi sento fortunato di non essere nato in Africa, di non avere la pelle nera. Io ridotto a una larva fetida con cicatrici che non si rimarginano più, privo di tutto, dopo aver fallito su ogni fronte, mi sento rinfrancato in questo oscurantismo che porterà sicuramente a uno scontro attraverso guerre, ci illuderemo di liberarci dal male vedendo massacrare questa porzione d'Africa che esiste qui. È un'illusione inutile e priva di fondamenta, l'umanità non ha imparato nulla, anche se guardando questi ragazzi africani, faccio fatica a capire di essere la parte malata di un mondo malato in tutte i suoi aspetti. La salitella sta per finire, girando l'angolo si cambierà continente, si andrà in Asia. Via Cappellini è stretta e lateralmente ci sono due piani rialzati con ringhiera, due balconate sempre piene zeppe di gente. Qui devono fare qualche piccolo commercio strano, sono per lo più giovani, la strada è stretta e devo fare attenzione, non c'è spazio per passare serenamente. La vera caratteristica anche se è mattino presto, è che questi piccoli gruppi di africani, ragionano animosamente, hanno alcuni apparecchi stereo con la loro musica. Questo è il mio risveglio cerebrale quasi di tutte le mattine. La musica africana, penso che sia senegalese o dintorni, mi pace molto, mi sveglia bene, è la madre di tanti generi musicali, anche occidentali. Ti riempie di ritmo, di fascino, ti avvolge senza chiederti nulla, i suoni sono viscerali e penetranti. Veicolata dalle note, l'allegria quasi scomparsa in me da molto tempo, prova ad affacciarsi, non ci riesce, ma almeno il tono del mio povero umore martoriato si rasserena un pochino insieme ai ragazzi africani. Il mondo, così ridotto non sa di quanta ricchezza poteva disporre, distribuendo i beni a tutti i popoli senza alzare muri. Le popolazioni mescolate sono gli unici veri mezzi per una consistente evoluzione dell'umanità. Sono arrivato in cima alla via. Fra poco girerò a destra, verso l'acquario, attraverserò la Cina, per arrivare alla mia piccola belva per il saluto del mattino, il mio pezzettino di dolce pelo, Blu. Prima però dovrò fermarmi, mi manca il fiato, devo urinare, il perpetuo dolore è il problema della mia mobilità, avrei anche bisogno di bere qualcosa di caldo e mangiare. Devo aspettare di arrivare all'acquario però, lì c'è Giovanni l'affitta-camere, spesso se avanza qualcosa dopo aver servito le colazioni, allunga il minimo compassionevole, per rimborsare la sua anima dei danni maturati il giorno precedente. Magari lui no, ma molti fanno gesti di carità per giustificarsi, per compensare i loro torti o malefatte ma a me va bene uguale, non elargiscono doni a bisognosi per sollevarne la loro condizione, bensì lo fanno per sentirsi meglio. Questo riesco a notarlo, faccio finta di nulla e vado avanti. Sono qui per l'eterno spettacolo della vita, si cambia scena e non c'è tempo per fare colazione. "Siamo lavoratori dello spettacolo e devoti alla causa", frase ipocrita e arrogante, l'ho ascoltata molte volte in passato, disprezzata solo a sentirne l'inizio. Devo andare avanti e gioco a nascondino con la mia condizione, mettiamola così forse è meglio. Lasciando il sottopasso mi volto e lo guardo, so che non sarà più ospitale in futuro, riempiranno le nicchie per non vedere il pietoso spettacolo della gente che dorme nei suoi anfratti, quello spettacolo non si deve vedere. Pensano che impedendo alla povera gente di ripararsi, sia il metodo migliore per far apparire Roma come una città per turisti sereni, in una società senza disprezzi, soprattutto senza barboni puzzolenti e alcolizzati, zingari, profughi scappati dai centri di accoglienza, senza documenti. Beati loro e tanta felicità! Lo riguardo e piango non tanto perché presto dovrò trovarmi un altro rifugio notturno, piango per l'inconsapevole debolezza dell'uomo della sua povertà, molto diversa dalla mia. Sono arrivato all'angolo con Via Turati, ora il percorso fino all'angolo di Via Merulana sarà tutto in piano, questo mi rincuora. Una piccolissima conquista personale.

*le case cinesi*

Eccoci in Asia, o meglio in Cina. Cambiando scena andiamo lontano, aiutiamo gli spettatori a fantasticare, a viaggiare, a crearsi dei sogni, almeno si spera. Io rimango spettatore, attore e narratore. Girato l'angolo è un'altra dimensione, questo quartiere è un contenitore bellissimo di culture, se ne accorgessero anche i romani. Tutti negozi cinesi, non ho capito perché tra l'altro sono tutti con poca roba, in realtà credo che vendano solo campionature. Negozi piccoli, con manufatti cinesi che poi vedremo nelle catene di negozi dai nomi internazionali. Tutta un'altra pulizia dall'Africa di poco fa. I cinesi sono diversi dal resto del mondo. Hanno una comunicazione molto riservata, sono loro e tra di loro, gli altri contano poco. Mi danno questa idea. Non credo che in Cina sia così. Sono tanti e si bastano evidentemente. È difficile da attraversare questa via prima di raggiungere piazza Fanti, ci sono bici e monopattini, abbandonati per terra, lungo i marciapiedi. Forse sono quelli noleggiabili, non so, danno l'idea dello spreco di una organizzazione fuori controllo, il cammino si fa tortuoso, una gincana vera e propria, forse vicino c'è un centro di smistamento. È mattino presto, ho freddo, fame, vita senza colore e senza pietà, faccio fatica anche a ragionare. Il cielo non ha un colore vero e proprio, sembra aspettare qualcosa, la luce non manca, Roma fa la sua parte. Mi manca tutto, mi manca la casa calda appena sveglio, l'odore del caffè che si diffondeva per le stanze e mi piaceva tanto, il comodo bagno, mi manca la vita senza avversità. Pazienza, non durerà molto, mi consolo con il tempo, vado avanti nello spettacolo mattutino. Siamo pur sempre senza paura, noi vagabondi dello spirito. Via Turati è stracolma di negozietti e viva hanno riempito anche tutti i vecchi scantinati, forse hanno concepito una vita nuova, scacciando il declino di questo quartiere bellissimo ma vecchio, pieno di anziani stantii nel pensiero e nei fatti, senza un futuro, un angolo della città che stava morendo senza gli orientali e africani. Qui i cinesi sono dappertutto, gestiscono piccoli bar, alberghetti, negozi di massaggi(?), praticamente hanno il monopolio di tutto e su tutta la zona. Continuo a deambulare, gli occhi mi fanno male e pizzicano improvvisamente, impaurendomi, le ossa sono in un delirio collettivo incontrollabile, non riesco più a gestire i loro movimenti. Sensazione orrenda, mi toglie il respiro. Il mio cervello ridotto, non comanda più gli arti, quando riesce a farlo, lo sforzo è enorme. Però il mio corpo rimane sempre la periferia del mio pensiero affaticato, ancora per miracolo lucido, ho l'impegno e l'obbligo di assistere, partecipare, contribuire a questo spettacolo. Spesso i cinesi vivono nel retro del proprio negozio, e passando sempre allo stesso posto, diciamo che sono diventato un amico immaginario di un bambino cinese. La graziosità dei bambini orientali è splendente, ti cattura. In questo negozio, i genitori accudiscono il loro bambino al mattino prima di mandarlo a scuola, io mi fermo a salutarlo e loro sono gentili con il mio fare. Lui è felicissimo e mi sorride. Ha degli occhiali enormi e spessi, deve avere dei grossi problemi agli occhi, ci accomuna. Il sorriso di un bambino all'inizio di una giornata per un rifiuto umano come me, è tantissimo, riesce a entrare dentro di me e modificare il mio volto. È il mio vero caffè mattiniero, mi scalda più della mia casa inesistente. Da tempo i bambini mi suscitano simpatia, vedo in loro la purezza molto fragile. È l'invasione della vecchiaia come uno spirito divino, conquista tutti gli spazi a disposizione, trasforma i sentimenti e gli umori. È un aspetto molto fastidioso, mentre ognuno di noi ragiona con la stessa logica di quando era giovane, le manifestazioni collaterali si trasformano, alcune si deformano. Nel corso del mio travaglio vitale, non ho mai sopportato i bambini, ora riesco a entrare dentro la loro atmosfera e loro rispondono, captando perfettamente la sintonia. Magia vera, mi riempie, come il piccolo cinese, che mi osserva quando ci incontriamo, io fuori al freddo, lui dentro il negozio abitato con la mamma che lo veste e la prepara per la scuola. Mi guarda con curiosità, alcune volte mi sorride, capisce che il suo sorriso mi allungherà di qualche istante il destino, pulisce la mia giornata da venature tristi e grigie. I colori, si la speranza l'ho sempre immaginata di colore bianco, il destino blu, la morte nera, la vita rosso a tratti anche gialla, la malattia viola, l'amore non ha colore, il dolore invece si, per me è marrone scuro. I cinesi vivono in contesto diverso da noi europei, la loro cucina è antichissima e straordinaria, il loro carattere è particolare, forse la densità abitativa nel loro paese, ha reso i costumi unici non sono mai stati assorbiti dalla uniformità. I loro negozi, le loro case, la loro gestione del lavoro è mostruosamente superiore all'occidente, la capacità di creare e disfare qualsiasi cosa in tempi molto brevi, rende i cinesi un popolo straordinario, la mia curiosità è stata sempre grandissima come la loro impermeabilità. Il Bambino certo non vede in me un esempio di pulizia e vigore, ma spero di avergli lasciato un attimo di gioia miscelata alla curiosità. Ciao piccolo, spero che i tuoi occhi incrocino ancora le mie stanche pupille malate, spero che la vita ti riempia di amore, spero che la tua purezza non svanisca col crescere e la bontà sia sempre dentro di te, piccolo orientale abbraccia il mondo anche per me e digli, che ci vogliamo bene senza conoscerci, solo vedendoci, ciao piccolo gioiello cinese, saluta il tuo futuro, il mio di futuro mi sta salutando. Mi distacco dal negozio cinese continuo per la mia strada, Piazza Fanti è vicina, quindi il mitico acquario anche, fra poco spero di incontrare Blu, uno dei miei più grandi amici. Sporcizia diffusa, palazzi ottocenteschi bellissimi maltenuti, senza i commerci cinesi, i problemi sarebbero davvero grandi. Poco avanti c'è un negozio, anch'esso seminterrato, di gioielli finti, anelli, collane. I prezzi sono assurdi, con bustoni da duecento pezzi a pochi spicci. Dietro sicuramente si nasconde uno sfruttamento del lavoro. probabilmente anche minorile. La consolazione del mio essere un vagabondo dello spirito, un abitante della strada, è grande pensando al rifiuto e all'impossibilità del lavoro. Mi piacciono molto gli anelli, un giorno mi sono fermato, ho chiesto una piccola offerta, ma la gentilezza non è una qualità molto diffusa in questo vecchio quartiere romano. È probabile che la loro cruda diffidenza sia generata dai comportamenti che gli italiani riservono nei loro confronti. Non fa nulla, senza anello vivo ugualmente, aspetto la morte nella stessa maniera con o senza anello. La mattinata inizia come sempre, difficoltà nello spolverare dei comodi ricordi casalinghi, ma si sa la strada è sacrificio, è devozione verso l'amore, un punto di osservazione speciale, il mio cervello elabora frammenti teatrali di queste genti nate lontane, con i loro enormi bagagli culturali. Spesso vengono sbeffeggiati da bestie ignoranti con le loro ideologie putride, condite con valori religiosi improbabili e stantii. La strada è sempre uno spettacolo avvincente, amare l'umanità rende tutti i miei disturbi meno pesanti, l'amarezza delle comodità assenti a bassa intensità, viene superata serenamente. Non mi consolo ma vivo una dimensione inimmaginabile per un vecchio finito, trascinato dal suo carrellino (alcune volte è lui che trascina me), è come se fossi un estraneo nella mia terra, quasi come un cinese, un africano che ha deciso di vivere qui. Sono un emigrato a casa mia, un migrante nella società ostile che non mi accetterà mai, un attore e spettatore, (a ripetersi non guasta) di uno spettacolo a sipario aperto, uno show unico e senza fine che ho il piacere di descrivere insieme a voi. Sono giunto davanti a un negozio tecnologico. I cinesi sono i migliori del mondo a produrre apparati tecnologici, la vetrina è stracolma di monitor, televisori ed altro, sempre senza nessun costo di riferimento. Molte sono spente, mi fermo davanti e ricordo i momenti di vita passati sul divano, a divorare immagini e prendere lezioni dai notiziari falsati e telecomandati a dovere per plagiare silenziosamente il pensiero delle persone, modificando le verità scomode del mondo. La televisione è uno strumento che diffonde bugie e immagini, vendute come divertimento, tutto accuratamente teleguidato. Dopo decenni di orrori i risultati si vedono. La tecnologia odiata e amata da me come da tutti, ora è assente e totalmente scomparsa dalla mia vita. Ho avuto anche due telefonini insieme, nei momenti più impegnati da imprenditorino fantasioso, adesso non ho più nulla. Non sono rintracciabile da nessuno e da niente, sto meglio? Alcune volte si, altre sento la mancanza della mia comunicazione, di internet, da cui rimasi subito affascinato e coinvolto. La mia attrazione agli inizi degli anni duemila era innanzi tutto rivolta alla globalità della comunicazione nella rete. In due secondi potevo vedere Melbourne come Buenos Aires attraverso le immagini delle webcam. Potevo conoscere notizie in tempo reale da tutta la terra, comunicare in un secondo con conoscenti dall'altra parte del mondo. Questo è incontestabile, la rete globale, ha cambiato il mondo e lo trasformerà nei prossimi decenni. Chi è rimasto indietro è fuori e messo in un angolo, assiste al pianeta senza conoscere altre verità. Io oggi sono fuori, ma in passato mi sono cibato di pasti comunicativi, ho conosciuto vallate per me inesistenti, musiche che arrivavano in diretta da parti remote del pianeta, proteste contro gli oppressori (quelli sì che sono globali davvero), diffusi in tutti gli angoli della Terra. Ecco perché anche adesso, come larva metropolitana, sostengo che quei falliti della mia generazione, rifiutando la tecnologia dominatrice, hanno rifiutato il sapere. Se oggi ci fossero i grandi autori del passato, non esiterebbero ad amare la conoscenza sotto ogni sua forma. Guardo questa vetrina, i cinesi sono dietro che mi osservano, il barbone curioso, pensando che io non conosca nulla, ecco esattamente in questo momento, lo spettacolo da me immaginato è onorato perfettamente. Sono davanti a un negozio diffusore di immagini, sono lo spettatore, dietro c'è il pubblico che mi vede come attore di questa scena. Il concetto pirandelliano è racchiuso in un breve frammento di vita mattutina, in questo quartiere cinese, africano, arabo, romano, europeo, è in fondo piacevole, come un grande contenitore di scene teatrali dove il sipario è sempre aperto, io ci sono dietro mentre cerco di osservare tutto quello che accade. Continuo per la mia strada, sperando di arrivare puntuale per rimediare qualcosa da mangiare di dolce e bere qualcosa, non ho soldi, non ho fortuna, non ho nulla, forse fra un po' ritroverò il mio piccolo amore, Blu, il gatto che mi ha scelto. Lascio questa via di negozi con dietro case e case con dietro negozi. Sono a Piazza Fanti, il magnifico acquario è sulla sinistra, inciampando ancora in qualche monociclo. Stamattina il tempo non promette niente di buono, questo è il pensiero che mi assilla. Non avendo nessun riferimento abitativo, la pioggia mi tiene impegnato, tante piccole battaglie in una guerra aperta e mai chiusa. Conosco i piccoli suggerimenti che la strada mi ha offerto. Piazza Vittorio con i suoi porticati frequentati da molti dannati, la polizia controlla e ha cominciato a devastare tutti i meravigliosi complementi di arredo urbano messi su dai poveri che frequentano la splendida piazza durante la notte, camere da letto all'aperto. Genti diverse, da ogni parte del mondo, affamati e con la felicità come un lontano ricordo. Preferisco adattarmi altrove, lungo i miei itinerari molto teatrali che percorro ogni giorno. Quando piove mi arrangio anche vicino alla grande chiesa di S. Maria Maggiore. Non è semplice ma devo sempre tenere come priorità il mio posto all'angolo di Via Merulana, dove riesco a tirar su qualche denaro per non essere proprio allo scoperto. A dire il vero sono riuscito a mettere da parte una piccolissima somma di quaranta Euro, nell'emergenza, se la morte non mi colpirà all'improvviso, potrebbe tornare utile. Durante il giorno riesco a mangiare per poi arrivare alla sera vivo nella mensa di Via Marsala. Però è ora di vedere da Giovanni se ci sono novità per la colazione. Nella sua casa, dove affitta camere, fa anche piccola ristorazione, si trova dalla parte di Via Principe Amedeo (ancora con questi nomi che fanno riferimento a un periodo tutt'altro che brillante del nostro paese). Nel recinto dell'acquario, che si affaccia da quella parte, si intravedono i tavoli del bar interno, a pranzo fanno ristoro. Impossibile avvicinarsi per i dannati come me, ho tentato a volte, ma mi hanno scacciato come un cane randagio e rognoso. No Giovanni è una persona per bene, ha conservato ancora la pietà in dotazione a ogni essere umano, alcuni la trasformano in odio, lui no. Quando mi vede appoggiato al recinto dall'altro lato della strada mi fa un cenno con il pollice. Mi vede dalle finestre del primo piano, sopra ai negozi arabi. Già da questo lato abbiamo cambiato continente. Sono le sette del mattino o poco più, fra poco arriverà l'omino delle caldarroste, che si posizionerà all'uscita del museo acquatico diventato museo dell'architettura. Vive in un furgoncino con la moglie e un figlio, è del Bangladesh. Vende le castagne anche ad agosto, sono un nucleo compatto. Esempio di come affrontare la vita con enorme dignità, dormono dentro al vecchio furgoncino, riesce a mantenere la famiglia con le vendite delle castagne (mistero della chimica). Mi suscita un'ammirazione infinita, è un omino basso, la moglie a forma di palla, il bambino cucciolotto rotondo. Le sue mani sono perennemente nere, macchiate dalle bucce abbrustolite delle castagne. il suo vendere, la sua dimensione, sono spettacolo puro, la sua vita contiene la poesia senza spiegazioni, emana onestà, forza nella sopravvivenza, quella giusta. L'odore del braciere con il carbone è piacevole, anche nei periodi caldi, l'odore delle castagne è favoloso, le vende molto care (giustamente), non posso permettermele, mi cibo e mi faccio bastare il profumo dello splendido frutto. L'immagine, gli odori, la semplicità, mi fanno amare l'omino e la sua famiglia, mi fa sentire in colpa e consapevole della mia resa, la sconfitta di cedere al macigno della società che mi ha schiacciato e gettato per strada, senza appello, dove io ho mancato nel reagire.

Meraviglioso omino delle caldarroste, la tua saggezza ha scolpito dentro di me la tua purezza, il tuo piccolo cucciolo sereno nella sua onesta povertà, la sua mamma fiera, voi siete il riferimento vitale di una luce penetrante dentro a questa mia oscurità.

Sono sicuro che Giovanni scenderà con qualcosa, impietosito dalla mia brutalità vivente. Attendo appoggiato alla ringhiera, cerco con lo sguardo Blu ma difficilmente viene a quest'ora, ci spero ma lo fa molto raramente, siamo dall'altra parte del piccolo parco che circonda il meraviglioso acquario. Sono in piedi come chi attende il mezzo pubblico per andare al lavoro, sono indifferente a quello che mi circonda, aspetto serenamente. Il freddo mattutino mi ha invaso e non è più controllabile, qui fra poco spunterà il sole, è un augurio, e mi aiuterà a superare parzialmente il dolore diffuso nel mio vecchio scheletro. Di fronte vedo movimento all'interno di un seminterrato, apparentemente un negozio arabo, non saprei definire esattamente di dove. Conosco abbastanza la loro cultura, è sufficiente per capire che deve essere successo qualcosa di spiacevole. Forse un lutto ha colpito la famiglia, arrivano persone, parenti immagino, sono numerosi. Siamo nel cuore di Roma che veste la sua vocazione nascosta di grande capitale con le enormi influenze mediterranee. Solitamente nelle commemorazioni arabe non bisogna vestire in maniera sfarzosa, le donne non devono indossare gioielli vistosi. Entrano di continuo, lo spazio è seminterrato, c'è un uomo arabo che accoglie gli arrivi in maniera composta ma calorosa. Guardo incuriosito, cercando di non farmi notare per discrezione, ma non sembrano interessati dalla mia pessima figura. Noto con invidia il circolare di vassoi con cibo, un'usanza molto diffusa, è l'offerta del cibo ai parenti sopraggiunti. Questo mi fa venire un po' di fame nell'attesa di Giovanni, ma sono sicuro che arriverà. I funerali mussulmani vengono celebrati con forte serietà e un protocollo ben preciso, rigido comunque serio a differenza dei funerali in occidente che spesso assumono l'aspetto di una farsa. Altra scena dello show interminabile delle mie giornate. Questo mi fa venire in mente l'abbandono totale di tutti i miei conoscenti, i miei cari (??) familiari, la scomparsa di chiunque mi abbia conosciuto, il mio sparire ha aiutato, però non sono mai stato cercato. Ora mi domando, ma che fine avranno fatto i miei conoscenti, o diversamente amici?? Saranno vivi, morti, malati? Ecco allora il ringraziamento obbligato alla beata solitudine. Non ho conoscenza del destino altrui, in realtà godono tutti di ottima salute, sono tutti vivi. La mia solitudine ha graziato tutti. Ora sono tutti felici e contenti. Per me stanno tutti benissimo, potrebbe esistere anche la possibilità che siano tutti morti, devo ringraziare la solitudine per non essere a conoscenza della loro sorte. Nel primo caso la positività è vincente, nel secondo caso il vantaggio è solo mio, quindi ecco che la solitudine esprime ricchezza, è regina della mia vita. Una conquista da non sottovalutare e mi riempie di felicità non partecipare a dolori altrui, ai tanto odiati funerali superflui. Non mi manca la puzza di disinfettanti improbabili usati in abbondanza nell'immediato post morte. Mentre attendo la vera manna di Giovanni, godo tutto il piacere dell'essere solo, la solitudine!!! È implacabilità nelle difficoltà, fa crescere nei momenti avversi quando ti senti finito e impotente, la solitudine ti aiuta nel non amare, spesso somiglia a un'ombra che ti segue dovunque. La felicità diventa solo tua, la tristezza e l'angoscia sono di tua proprietà, il dolore unico non è socializzabile, il tuo sguardo è senza contraddittorio, il tuo pensiero speciale, si in fondo devo dire grazie infinite alla ricca solitudine. L'egoismo è un'altra cosa, mentre la solitudine è un'ombra gentile, spesso anche elegante, l'egoismo è un macigno che ti sovrasta, pesante, scomodo e ostile. Si apre la porta della casa di Giovanni, devo attraversare la stretta strada come al solito, lui si affaccia mi fa cenno di andare. Non so perché mi vuole bene, gli faccio pietà, è un gesto a cui è affezionato e io ne approfitto. Attraverso e lo raggiungo, ha una bustina che mi porge. Poi come al solito mi fa la stessa domanda:

«Ciao, tutto bene?».

Io «Grazie, grazie, grazie» Non mi viene da dire altro.

Saluta e chiude il portone, mi affretto ad aprire la busta, in verità lo stomaco al mattino è assolutamente vuoto, dentro due cornetti, un po' duri, forse del giorno precedente, e una bottiglietta con il colore del caffelatte. Una divinità scesa in terra. Per me è vitale Giovanni, la prima volta, appena mi ha notato, è sceso cercando di capire e mi domandò se avevo bisogno di qualcosa. Da allora per lui sono una certezza di pietà ed elemosina, per me una sicurezza del vivere odierno. E così tiro avanti, trafugando nei sentimenti altrui, scorrazzando in queste vie dell'Esquilino, meraviglioso quartiere centrale. Perché ho scelto di vagabondare qui? La risposta è semplice, un quartiere tra i più fascinosi della città crea in me quella sorta di eterno viaggio nel percorso umano che mi porto dietro, poi è bello, anche se fatiscente, tiene in pancia quello splendido esempio di occasioni e riparo della Stazione Termini, è pieno di turisti generosi, il loro donare mi aiuta a vivere. È un grande quartiere che sa donare intimità anche nella sua vastità, appena girato gli angoli. Questa è la caratteristica di un quartiere di una grande metropoli. Difatti riesco a godere della mia solitudine tanto cercata, volendo posso perdermi in mezzo a folle importanti e indifferenti. Attraverso la strada per tornare nel perimetro del vecchio Acquario, cosi mi appoggerò alla ringhiera, mi sento più protetto, cercando di salutare il mio amico Blu, di solito nella mezza mattinata è puntuale. La speranza d'incontrarlo è sempre molto insistente. Finalmente mangio, chiudo gli occhi per aumentare il gusto del mangiare, quando sei affamato e riesci ad ingerire cibo gli altri sensi vengono negati, è come se il mondo intorno non esistesse più, la vista non riesce a distinguere più nulla per una circonferenza di tre metri, il rumore del cibo sovrasta tutti i suoni e rumori, isolandoti dal resto che ti circonda. Ho fame al mattino, devo fare anche presto per essere all'angolo di Via Merulana nell'orario solito per cercare di carpire qualcosa alle mamme che lasciano figli a scuola e notano in me un vecchio da aiutare, scacciando in loro i sentimenti più o meno buoni, maturati nelle ore precedenti. Mentre mangio mi vengono in mente i momenti passati a Calcutta, quando camminavo per Park Street e vedevo file interminabili di uomini e donne in coda per il cibo. Scrutavo le loro facce deluse dall'esistenza e rassegnate, pazienti nell'aspettare, certo non immaginavo di terminare la mia vita quasi peggio della loro, ma la vita è una continua sorpresa, questo la rende affascinante. L'unica differenza tra quella gente indiana in coda e me, è che io qui sono solo, anzi siamo in due io e la mia solitudine, potremmo sembrare tutt'uno. Forse preferisco questa vita sola e unica anche se sta terminando, che condividere frammenti e ogni spazio con altri. Il mio individualismo è stato sempre un po' la mia ricchezza, anche ora nella profonda povertà. Il tempo sta peggiorando devo affrettarmi a raggiungere i soliti obbiettivi del giorno. Con il tempo peggiora anche il dolore, padrone assoluto del corpo. Allora finito di mangiare mi sposto, continuando verso Via Principe Amedeo, ancora uno sguardo alla finestra del primo piano di Giovanni per dare un saluto di ringraziamento, le tende sono immobili. Sicuro che più tardi troverò Blu, mangeremo qualcosa insieme, troppo intelligente per mollarmi. Mi affretto per la paura della pioggia che sembra in attesa di colpirmi. La via è stracolma di ristoranti e piccoli hotel, come del resto tutta la zona circostante alla Stazione. Macchine ovunque, strada stretta con marciapiedi occupati da qualsiasi cosa, compresi gazebo dei ristoranti e bar, secondo me illegali, ma Roma è anche così.

*le turiste*

Da un piccolo hotel, con ingresso decentemente organizzato, escono cinque ragazze felici e smaglianti. Minigonne audaci, bellezze giovanili, trolley variopinti, scarpe eleganti, calze nere velate ovunque. I miei ricordi si accavallano e i rimorsi mi assalgono. Accento spagnolo e anche il loro aspetto non inganna, sono spagnole, belle giovani e vivaci. Gli spagnoli si contraddistinguono per la loro educazione sociale, la semplicità esibita mestamente. Sono un popolo latino con una grande storia, ora. Stamattina sono illuminato dalla libertà, anche se il cielo minaccia vigliaccamente, sono positivo, vedendo questo gruppetto di meraviglie spagnole, mi associo alla loro positività. Ogni volta che sono entrato in contatto con la Spagna ne sono uscito raggiante, con una dose di speranza enorme, tutti i traguardi imminenti erano raggiungibili, questa era la sensazione di quello che la cultura spagnola, la sua bellezza e riservatezza, mi trasmetteva. Ho lavorato spesso a Barcellona, città senza barriere, bellissima, con un'aria giovane, una città dove sono riuscito persino ad amare, sentimento vissuto in maniera contorta da me. Questa positività intrigante di stamane, forse è stata conquistata grazie alla colazione regalata da Giovanni, mi ha avvolto, poi la vista di queste bellissime ragazze, venute a Roma incuriosite dall'enorme storia della città eterna, ha aiutato. Queste ragazze danno l'idea di universitarie quasi alla fine del loro percorso di studi, pronte a entrare vivacemente nella società. Mi sono mescolato al loro futuro, abusivamente, la forza del mattino che non sentivo più, sarà il mio canto del cigno? Sono sempre preoccupato per l'orario nel raggiungere la mia postazione davanti a S. Maria Maggiore. Seguo a distanza, ammirando la bellezza delle loro gambe, le guardo senza staccare un attimo, la direzione è la stessa verso Via Gioberti dopo girerò a sinistra, verso la piazza. Il belvedere di queste ragazze mi assorbe, mi fa tornare indietro di decenni, dimentico i miei dolori, le mie sensazioni sfinite. Difficile tenere il passo alla gioventù, non sono in grado ma ci provo, facendo le solite acrobazie per passare in queste vie del vecchio Esquilino maltrattato. Le turiste spagnole emanano profumi, piacevoli fragranze femminili, non le riconosco, ho perso da tempo questo acume. Fra poco lascerò la loro scia, mi hanno regalato questa vampata freschezza, penso ai loro giovani anni e cosa affronteranno nel seguito del loro percorso, sperando che sia diverso dal mio. Però auguro a loro la caparbietà della coerenza che mi è appartenuta per lungo tempo, anche ora, in questa condizione malsana, solitaria e penitente, riesco a mantenere uno straccio di sicurezza cerebrale nei miei valori conquistati a duro prezzo. Forse le ragazze non conoscono la storia spagnola precedente alla loro nascita, con presunzione questo mi attraversa il cervello, le tragedie, le guerre civili, la dittatura di quel generale infame fascista, spero siano sempre in loro presenti, come l'immagine indimenticabile dell'attentato all'auto del generale Carrero Blanco. Mi auguro anche che conoscano a fondo le immense ricchezze della loro splendida cultura, dei pittori astrali che la Spagna ha regalato al mondo. Sicuramente conosceranno l'autore degli autori, colui che ha scritto il più bel testo della storia umana, "Don Chisciotte della Mancia". Il bello di essere un barbone, un vagabondo senza dimora, un abitante del mondo e delle strade, che ha come tetto il cielo e come letto la sterminata semplice superfice terrestre, è poter essere dovunque senza vincolo alcuno. Sapere che non sanno. Queste splendide creature giovanili non immaginano che un vecchio decrepito e sudicio conosca benissimo il loro immenso autore. È questo il vero spettacolo nello spettacolo che provo qui a raccontare, è questa la meraviglia del descrivere i lati umani che si presentano ai miei occhi malati ogni giorno. "Don Chisciotte" l'ho letto anni fa, lunghissimo, avvincente, capolavoro assoluto mondiale, fui colpito tremendamente. Non c'è molta diversità dal mio essere oggi e il suo guerreggiare per le terre esplorate insieme al suo fedele servitore. Battaglie e scontri eterni contro il mondo ingiusto. L'inno alla splendida follia dell'uomo, ("non mi abbandonare mai splendida e lucida follia") questa è mia. L'avevo scritta in una stanza della mia ultima abitazione (il castello dei poveri) con font particolari e l'aiuto di un povero pittore fallito e pazzo. Leggendolo ho vissuto con lui, sono entrato dentro l'umanità assente e perplessa innanzi alle ingiustizie da lei stessa provocate. Ho viaggiato con lui a cavallo di Ronzinante, ho mangiato insieme a Sancio, anche io mi sono innamorato di Dulcinea senza averla mai vista ne conosciuta. Chi di noi non si mai innamorato di qualcuno che non ha conosciuto? Un amore puro senza sbavature, totale anche se non ricambiato. Un libro fatale, planetario, spero che queste ragazze iberiche che sto per lasciare, devo andare al mio restante lavoro (ah, ah, ah, ah), lo abbiano letto. Il cavaliere della triste figura, insieme al suo fedele e ubbidiente scudiero, rappresentano per me l'intera umanità, anche se sono in realtà le due facce della stessa persona. Il primo è l'espressione della follia, l'altro la negazione della stessa, la ragione semplicemente come il contrario della follia. Chi stabilisce i limiti della follia o i meriti da dare alla ragione? Nessuno può farlo, nessuno può stabilire che un uomo è malato di mente solo perché è fuori da schemi ordinati da una società che si basa su un'economia di guerra, sull'odio e la discriminazione. Il meraviglioso scritto di Cervantes insegna semplicemente a porsi delle domande, ad attendere prima di giudicare, a sperare che l'uomo guarisca. Questo è il vero dramma del romanzo che secondo me è il libro davvero sacro, il mitico cavaliere alla fine quando guarisce dalla follia, muore. La sua uscita di scena dalla vita non esiste da uomo guarito, semplicemente perché non era malato. È il momento terribile dell'opera spagnola, la fine, la morte di Don Chisciotte si è portata via anche una piccola parte di me, grazie per l'eternità a Cervantes. Arrivederci dolcissime ragazze, belle e piene dei colori dell'arcobaleno, salutate il vostro splendido paese Sono arrivato all'angolo di Via Gioberti, sono le sette e trenta.

Lascio le turiste, loro proseguono su Principe Amedeo molto probabilmente sono dirette alla Stazione, io giro l'angolo, direzione la mia solita postazione di lavoro. Mi piace pensarla così, forse perché non ho più nulla da dare alla vita, cercare nell'immaginazione un impegno quotidiano mi aiuta a digerire il declino conclamato. Via Gioberti non è lunghissima, va da Via Giolitti a piazza S. Maria Maggiore, poco distante dal mio posticino del mattino. Come al solito la via è piena di negozi, molti hanno solo la funzione di comodità turistiche, anche con evidenti inganni, poi ristoranti e bar modificati, piccoli hotel dovunque, come tutta la zona che circonda il grande hub ferrato. Difficile camminare ma qui è confinata la mia vita, poi le zone che seguiranno dopo, al mattino, sono più serene e fascinose, mercato dell'Esquilino, Teatro Jovinelli, Acquario, sono meno caotiche, hanno decisamente più personalità. Sto per arrivare al grande incrocio. A sinistra c'è Via Napoleone terzo, a destra Via Farini. La grande Piazza S. Maria Maggiore è a pochi passi. Devo superare un grande parcheggio di monocicli noleggiabili, una vera piaga e noto un grande trambusto. Qualche piccola goccia comincia a fare compagnia ai miei vestiti, che avrebbero bisogno di tutt'altro lavaggio anche se mantengono un briciolo di dignità. C'è anche un po' di gente ferma ai quattro angoli, la pioggia ancora lo permette, è la famosa "gnagnarella romana", nome non fu mai più azzeccato. Ora vedo cosa succedendo, gli importanti semafori suggeriscono attimi di meditazione, un gruppo di giovani meravigliosi nei momenti di stallo obbligato, allietano i turisti con numeri di giocoleria. Un vero spettacolo di questo show che sta per terminare (il mio). Una magia che ha invaso l'incrocio e le strade laterali, l'aria, il cielo, la mente della gente che osserva, gli automobilisti ammirano nervosamente, attimi di silenzio per l'ansia della riuscita delle acrobazie. Sono cinque ragazzi, hanno l'aria di essere di diversi paesi europei, forse qualcuno proviene dal Sudamerica, è una mia sensazione. Mi fermo a gustare l'esibizione, qui c'è la magia vera. C'è il teatro con il pubblico a diretto contatto, a distanza ravvicinata, c'è il circo con le varie giocolerie e i costumi super colorati, c'è la commedia dell'arte con il trucco dei ragazzi che ricorda maschere antiche, c'è il cinema con il girato all'aperto e lo spazio in presa diretta, la magia di far sparire attrezzi di scena per poi farli apparire di nuovo. Uno spettacolo completo, stavolta sono uno spettatore insieme a voi. Tutto si trasforma in magie felici. Non li avevo mai incontrati in questa zona, sono sicuramente stati cacciati dalle guardie comunali da altri quartieri. Si presentano ai semafori improvvisamente, schizzando in mezzo agli incroci al rosso dei semafori con numeri brevi ma intensi, a quest'ora riescono a coinvolgere molta più gente, poi forse torneranno verso l'ora di pranzo e la sera dalle cinque alle sette, sono gli orari più favorevoli. La pioggerillina insiste e i ragazzi sono bagnati anche dal sudore prodotto, belli giovani forti e bravi, sono tre maschi e due femmine. Alcuni danzano con piroette e salti mortali, mentre gli altri fanno girare clave e arance, con numeri di media difficoltà, ma confezionati benissimo, tutto appare molto piacevole, sembra disegnato dentro una cornice d'eccezione. L'esecuzione è molto coinvolgente. Oltre tutte le grandi arti elencate prima, c'è la danza, che non avevo visto, una delle forme che cattura più ammirazione e fascino in me e spero in voi. Ho incrociato molte volte spettacoli di danza, nella mia prima parte della carriera di tecnico teatrale, ho partecipato sempre con molta curiosità e anche leggermente con invidia. I ballerini sono veri e propri atleti, riescono a unire la grazia all'eleganza, trasformare il corpo in un linguaggio che arrivi allo spettatore, è un'operazione molto complessa. Ho lavorato con diverse tipologie di danza, quella classica sinceramente mi annoiava abbastanza, però credo che sia fondamentale per la carriera dei danzatori. Ma ho sempre vissuto con l'illusione dell'oltre, ho amato e amo tutte le forme che sconvolgono schemi. Tutto ciò che porta verso direzioni sconosciute e sperimentali, mi apparteneva, diventava di mia proprietà, adesso mi rassegno agli eventi a cui assisto. In gioventù ho avuto il piacere di conoscere artisti straordinari come Pina Baush, ho goduto della sua splendida compagnia in una giornata memorabile nella meravigliosa Palermo.

In questi incroci a tu per tu con lo show di strada, la mia mente è volata indietro, la magia dello spettacolo, come sempre, aiuta fa sognare, amare e viaggiare. La grande Pina è vissuta a Palermo per sei-sette mesi credo, in mezzo alle vie affascinanti della vecchia città, vivendo le giornate insieme alle genti veraci palermitane, immaginando e scrivendo il suo spettacolo leggendario Palermo-Palermo. La conobbi in un bar, anzi la riconobbi, avevo già lavorato a Roma in un'altra sua meraviglia, mi feci sotto con molto coraggio che distrusse la mia timidezza e poi pranzammo insieme, in uno di quei bar che facevano un po' di tutto, con i tavoli acciaio e formica anni settanta, quei piccoli bar a conduzione familiare dove si parlava solo il dialetto e si mangiavano cose ancora sconosciute a noi nati in latitudini più a nord. Il pranzo fu intenso, con il suo italiano lento ma giusto, il mio lento ma imbarazzato. Mi rimase un grande insegnamento, ricordo a distanza di quarant'anni, ogni istante. Lei è stata la più brava coreografa del mondo per me, ha restituito la danza all'umanità, rispettando tutte le splendide differenze umane, facendo ballare ballerini molto diversi fra loro. Ha sconsacrato quella lagna dei balletti classici, anche rispettando la genesi della danza, ma andando oltre. Io venuto dalla provincia più chiusa, falsamente progressista, m'inchinai ad ascoltare la donna tedesca affascinantissima, la sua semplicità, il suo orgoglio nordico, la sua ostinazione nel vivere in mezzo alla gente più comune e povera. Ti sarò sempre grato cara

Pina, uscii da quella giornata con una maturità assoluta, profondamente diverso nel concepire le donne come non mai avevo fatto prima. Io che venivo da un'infanzia dove le donne avevano rappresentato solo fallimenti, umiliazioni e squallide complicità, magari forzate da uomini vigliacchi e violenti. Torniamo all'incrocio di Via Gioberti, nello spettacolo dove al posto del sipario c'è il semaforo, ad ogni rosso si apre una nuova scena. Continua la fastidiosa pioggia, i giovani artisti stradaioli hanno preso un po' di acqua, i loro costumi abbastanza fradici rendono tutto più affascinante e unico, le loro espressioni corporee, attraverso i movimenti che sconfinano nell'acrobazia, abbracciano la danza, la recitazione, tutto lascia incantati, non si riesce a non guardarli, aspettando il prossimo rosso. Mi sto bagnando ma non me ne curo, sono attratto da quello che mi accade intorno. In un angolo c'è una ragazza che manovra una grossa radio, un po' retrò, quando partono i numeri fa suonare la musica, spazia tra due musiche ritmiche, la mitica Amy e Billy Idol, ottima performance, musiche rinfrescanti mattutine, scelte azzeccate. A quelli della mia generazione, cresciuti a pane e Rolling Stones, i cantanti come Amy Winehouse, Billy Idol (fuori dal quel cerchio magico degli anni sessanta), si ascoltano con diffidenza, non riuscendo a capire e apprezzare la loro infinita bravura. Il cielo grigio, la pioggerella appena nata ha fretta di crescere, la luce del mattino è debole, questo incrocio d'arte mi sta facendo fare tardi per il solito appuntamento dell'inizio giornata. Ballano e giocano i giovani artisti, hanno l'aria di splendidi zingari felici e danzanti, propongono le loro libertà nel migliore dei modi, con l'arte e lo spettacolo. Posso solo commuovermi a vederli, sperando che il pianeta sia pieno di ragazzi come loro. Sono il messaggio più potente per una società spensierata e meno indaffarata a preparare terreni seminati di odio e guerre. È ora che vada, non posso perdere quel poco che racimolo all'angolo di Via Merulana. Sono abbastanza vicino e ancora in orario. La fissazione dell'orario è stata una costante della mia esistenza, ma qui in strada l'ho abbandonata. È presto, è tardi, arrivo in orario, sono in ritardo e altro, sono frasi che cerco di scacciare dal mio linguaggio, ma stamattina mi risuonano spesso, forse ho un piccolo ritorno al fastidioso passato che non mi dispiace affatto di aver lasciato.

## *il negozio della fantasia*

Ora vado verso la grande piazza, a destra c'è la farmacia, ogni tanto busso per qualche piccolo aiuto, ma non amano la mia presenza e cercano di mandarmi via in tutti i modi a loro disposizione. Via Gioberti fra poco termina, la visione della piazza e della grande chiesa si fa sempre più presente. Accelero verso sinistra, sono quasi difronte alla basilica e mi rincuoro. Mi sto affannando anche nel respiro, le mie condizioni non sono più un pretesto per alimentare la preoccupazione, non esiste più in me, è una grande conquista. Sono davanti alla meravigliosa vetrina del negozio di belle arti, mi soffermo un attimo, ho ancora una quindicina di minuti per aprire il sipario sulla bellezza e la fantasia della pittura. Un negozio antico della vecchia Roma, vetrine che non finiresti mai di guardare, piene di attrezzi per la pittura e la scultura, oggetti introvabili, ognuno di loro scatena la fantasia, tutto quello che serve per trasformare idee in disegni, idee in forme. Da qui sono passati sicuramente grandi artisti nell'ultimo secolo, tutto trasporta all'idea di aver servito geni della pittura operanti nella splendida antica capitale. In queste quattro vetrine sono racchiusi e esposti tutti i miei fallimenti, tutto quello che volevo essere e non sono stato. Ho vissuto perennemente con il desiderio di diventare qualcosa o qualcuno, ma niente, eccomi a dormire in mezzo alla strada, nel sudicio e nello schifo umano. Sognavo di diventare un gran pittore, ho provato molte volte a dipingere con uscite di quadri improponibili, bozzetti che davano l'idea di penosi tentativi nel mettere insieme colori e forme su fogli inerti e incolpevoli. Così è andata, ma ho ancora cinque minuti per concedermi quel poco di sogno al mattino presto, davanti a scatole di acquarelli pregiati francesi (chissà perché francesi?), di lato grandi astucci con centinaia di matite colorate, bellissime confezioni, guardando il prezzo ci potrei tirare avanti per un mese e forse anche più mangiando a giorni alterni in qualche trattoria non certo esosa. Su un altro piano della vetrina ci sono adagiati pennelli di tutti i tipi e per gli usi più diversi, da guardare per ore. Il mio sguardo si sofferma su una foto che richiama il mitico pittore olandese e il mio cervello stanco del presente, vola verso destinazioni lontane. Una decina di anni fa feci un lavoro, uno degli ultimi, a Barcellona, la splendida città catalana. Ho allestito una mostra per un pittore molto anziano, quotato nella Spagna di ieri e di oggi, forse ancor di più in Catalogna. Arrivando a Barceloneta, si possono vedere due sue sculture galleggianti con installazioni fisse, nella baia prossima alla spiaggia. La mostra fu allestita nel Barrio Gotico, uno dei quartieri più affascinanti della città, vicino a Plaza de Catalunya, in un bellissimo palazzo di proprietà dello stesso artista. Il palazzetto si sviluppava su quattro piani, all'ultimo piano c'era (credo e spero che ancora ci sia) lo studio di pittura, ereditato dal padre dell'artista, anch'esso pittore e scultore. Giunti nello studio dove doveva essere allestita una buona parte della mostra, mi resi conto del fascino e della storia che i muri mi sputavano addosso senza timidezza. Posto bellissimo con pavimento in legno a tavole, baciato dalla vecchiaia, un pavimento che parlava, rispondeva ai passi che lo opprimevano con suoni magnifici come solo il legno sa fare, creando un dialogo intenso tra le persone e il pavimento calpestato. La vecchia superfice usurata e macchiata era la testimonianza viva delle creazioni che quello spazio aveva dato alla luce. Il tetto composto quasi interamente a vetri, come nelle migliori espressioni architettoniche del modernismo. La luce del cielo a portata di mano, diffusa in ogni dove. La luce per un pittore è come l'acqua per un pesce. Attrezzi da lavoro, cavalletti per dipingere sparsi per l'immenso studio. L'odore mi colpì fortemente, l'odore dell'antichità e della genialità ti avvolgeva, ne respiravo e mi saziavo, la magia di un posto sublime, storico, dove l'arte aveva dominato per decenni, senza paura di mostrarsi anche nel suo lato più artigianale, più crudo. Oggetti sparsi sugli scaffali antichi, che davano l'idea di aspettare da moltissimo tempo, fermi e immobili, senza che qualcuno si prendesse cura di loro. In questo meraviglioso posto ero spettatore e attore in un palcoscenico unico al mondo. Assistevo e recitavo nello stesso tempo dentro uno spettacolo, i miei occhi rappresentavano i due lembi del sipario. In questa vetrina, le due vecchie palpebre si sono alzate, mirando la stupenda scenografia del vecchio studio catalano. Ancora una volta pura magia, la vita mi elargisce e rende indietro le accortezze che le ho dedicato. Mi permette tuttora, in questo periodo disgraziato e finale, di trasformare le mie giornate in continui spettacoli, amando e sfruttando tutte le bellezze del mondo e dell'umanità. In quello studio ho incontrato i grandi artisti del passato, ho visto Van Gogh che si dimenava per scacciare la sua follia, poi c'era Schifano con Boccioni, che lo rimproverava di essere irrispettoso della storia, Mirò che sputava su una fotografia del fetido tiranno spagnolo, Bosch che comandava ad alta voce i suoi personaggi, Picasso disperato per il significato di Guernica andato in malora, ho visto proprio tutti, l'arte con la sua prepotente forza, entrava a colpi di scure (anch'essa dipinta) dentro alla mia testa. Sono incollato davanti a una vetrina del sublime, sento una voce con accento lontanissimo che mi grida qualcosa. È un ragazzo che pulisce i marciapiedi. È un nuovo lavoretto inventato da questi ragazzi fuggiti dalla fame e dalle guerre, arrivati qua dopo penosi viaggi. Trattati a schiaffi e umiliati dalle evolute società europee che traggono da queste offese e discriminazioni i propri bacini elettorali che non rappresentano più nessuna giustizia sociale. Hanno un sistema originale di tenere puliti i marciapiedi, visto che le tante elogiate e civilizzate società occidentali tengono le loro città in maniera sudicia, differenziando le zone a seconda da chi sono abitate, come qui a Roma, puliscono le entrate dei negozi, facendo dei piccoli mucchietti di sporcizia, per mostrare il lavoro svolto e di conseguenza chiedere qualche soldo ai negozianti, per il servizio reso. Lavoro completamente inventato quello che questi giovani svolgono e come tutti poveri, non amano interferenze di altri poveri come me. Allora mi ha scacciato dalla zona dove, mentre ammiravo la fantasia fatta vetrina, sostavo nel suo raggio d'azione. Non nego che ho provato una sensazione simile a quando da piccolo mi rompevano il giocattolo appena inventato, ne ho avuti pochissimi regalati. Oppure quando il vicino quasi sempre ubriaco, ci bucava il pallone rigorosamente di plastica, imprecando verso le nostre rispettive madri di noi piccoli calciatori, anche allora sempre in mezzo alla impietosa strada protagonista. Il ragazzo africano, forse senegalese, non ha simpatia per me, come i suoi amici fuori dal mercato Esquilino, non posso far altro che andarmene. Sono comunque in orario per la carità del primo mattino. Non c'è nulla da fare sono l'ultimo degli ultimi, scacciato a malo modo anche da extra europei in difficoltà. Non mi ha fatto sconto di nulla. Girandomi noto che sono quasi arrivato in prossimità del mio angolino preferito, guardo l'obelisco centrale che domina la piazza, "la colonna della pace". Mai opera e monumento fu più inutile. La pace da chi e di chi? La chiesa che nei suoi secoli di storia ha prodotto guerre e stragi, ora dentro i meccanismi finanziari di guerra più sofisticati. La pace nel mondo è fragilissima, tantissime zone sono in guerra, poco fa, la guerra era presente anche in questo piccolo angolo di marciapiede, la guerra tra ultimi, un classico inevitabile. La colonna, sistemata in una posizione prepotente, domina la piazza, ma nessuno avverte la sua influenza o l'eventuale messaggio. Cara Colonna della Pace sei fatta di zucchero, volendo ti disintegri con stupefacente facilità, vola nel cielo, sei abbastanza vicino al cielo per spiccare il volo, cara pace disprezzata ovunque.

*rieccoci all'angolo di via Merulana*

Eccomi sono di nuovo qua, in questo angolo tanto sospirato. Mi appartiene, è la mia piccola sicurezza, vicino ci sono scuole di "lusso". Quando ero bambino pensavo che la scuola fosse per tutti eguale, l'innocenza dei bambini. È passato solo un giorno, sembra un'eternità, i giorni iniziano e finiscono come le vite degli uomini. Dentro il tempo di un giorno si può vivere tutta un'epoca, un'esperienza di dolore, gioia, tristezza. Passano sempre le solite facce da mamme indaffarate, benestanti e appagate dalla loro superficiale borghesia. Qualcuno ci casca e lascia qualcosa, buondì con pan di spagna, cioccolatini, i dolci sono i miei preferiti, finché potrò qui mi troverete a mendicare. Siamo a ridosso del termine di questo viaggio che ho provato a raccontarvi, lo spettacolo finirà a breve, fra poco calerà il sipario per riaprirsi non so quando. Forse se vivrò sarò pronto per il racconto di un'altra rappresentazione, se sarete lieti di ascoltarmi ancora. Il futuro non sarà lungo però il passato è stato sufficiente. Qui davanti alla colonna della pace, nella bella piazza barocca di S. Maria Maggiore, la Via Merulana partecipa all'importanza di questo grande crocevia. Zona di serbatoio turistico, di eccellenze, quartiere bellissimo, ci siamo anche noi rifiuti, ci mescoliamo con quelli lasciati perennemente dal comune. Per i rifiuti la fine è la discarica, per noi dannati chissà dopo la morte dove ci metteranno? Forse i miei figli, definiamoli così, (sono il figlio di niente e il padre del nulla), accorreranno, per rispetto a quella pessima educazione cattolica da me sempre odiata, al capezzale del mio corpo morente, oppure lasceranno che il mio corpo imputridisca senza far finta di prendersene cura. Spero che qualcuno di Voi che abbia letto le mie follie, magari s'informi del destino della mia salma (che presunzione!) Chi si prenderà cura di Blu? Che fine faranno i miei amici dell'"inferno parte prima"? Che sarà degli ultimi del mondo dopo la mia scomparsa? Tutte false domande, perché non succederà nulla di diverso da questo istante del mattino in cui sto descrivendo per voi gli ultimi frammenti di questo spettacolo inventato ma vero. Spero soltanto che qualcuno legga questo scritto, un racconto? Un romanzo? Un testo teatrale? Queste domande, forse, non avranno mai risposte. È il mio desiderio, abbiate la cura di voi, leggete e leggetemi, perché un uomo che legge non è mai solo. Gli altri pensavano e schernivano la mia solitudine, ma non sanno che prima di essere un vagabondo della vita, ero un viaggiatore senza fissa dimora dell'esistenza, ero sempre in compagnia dei miei maestri, dei miei fratelli, che mi hanno insegnato tutto, sono tutti morti, ma sono tutti vivi. Grazie a Errico, Horst, Prospero, Sante, Miguel, Jack, Gregory, Fëdor, Herman e tantissimi, tantissimi altri. Il tempo sarà senza pietà anche oggi, tende al grigio verde scuro, mi costringerà a scappare in continuazione per evitare di esser graffiato dalle sue lunghissime unghie che scavano i letti di piccoli torrenti. Passano le mamme acchittate e mi guardano come fanno tutte le mattine, con pietà, compassione e schifo. Resisto ancora e mi oppongo al destino, questo teatro sta per chiudersi con la chiusura sipario. Ogni sera in qualche teatro del mondo, durante una rappresentazione, muore qualcuno. Ogni sera la morte è rappresentata come la vita. Io sono dentro questo spettacolo come protagonista e assisto alla mia fine, vedrò morire il mondo? Una considerazione la devo fare sulla parola sipario. Ci sono molte interpretazioni sul passato e sul suo colore prevalentemente rosso. Cala il sipario: ci sono molti modi per chiudere uno spettacolo, è anche un termine che si usa nel linguaggio comune per porre fine a una vicenda. Tante sono le modalità, all'italiana, alla francese, alla tedesca, ma quella che io preferisco pensare sia la sua vera origine viene dalla tragedia greca, in fondo loro sono i veri maestri del teatro, quando Edipo decise di accecarsi e i suoi occhi si riempirono di sangue facendo diventare il mondo buio. E si è la mia storia, io ho deciso di non vedere più nulla, di stare dietro pensando di essere invisibile, non volevo più assistere ai mali di questo mondo, non volevo più essere complice di un'umanità putrefatta. Quindi ho deciso di riempire i miei occhi con il sangue, a differenza di Edipo, il mio sangue era composto da una materia quasi trasparente, che mi ha permesso in seguito di intravedere quello che mi circonda. Ecco perché sono sceso per strada e vivo finché durerà. Voglio essere cieco per non vedere più i crimini dell'uomo, voglio essere sordo per non ascoltare i lamenti dei dannati della terra, voglio essere infermo per lasciare che i miei viaggi terminino il prima possibile. Sono qui seduto su questo cartone preso dagli scarti di un grande magazzino, avrà contenuto qualche articolo per regalare piccole e false felicità, aspettando il consumarsi dei miei ultimi giorni, cercando qualche piccola carità da questi umani oramai per me diventati detestabili. Dentro, il mio corpo, vorrebbe lamentarsi ma non ha più la forza di opporsi al correre noioso della vita e ha deciso di incontrare la morte senza paura. O carissimo Edipo, il mio e il tuo sangue diffuso nelle malandate pupille, è stato l'ultimo dono della meravigliosa esistenza, vedo tutto o quasi filtrato dal rosso, colore che è vita e forza. Il filtro velato mi permette di assistere a questo bellissimo spettacolo che ho tentato di raccontarvi. Fra poco si spegneranno le luci, diventerà buio, la gente se ne andrà, il cielo non ci sarà più, il sole e la luna si spegneranno, gli attori moriranno tutti per poi domani rinascere. Ripeto ogni sera in teatro muore e nasce qualcuno. Non è mai facile raccontare l'emozioni, i sentimenti, le sensazioni, umilmente ci ho provato, volevo e voglio lasciare una testimonianza del tempo vissuto intensamente, anche in questo ultimo periodo perdente, ma sempre da protagonista. Non so se ci sono riuscito, il mio vanitoso tentativo di ribellione mai domato mi ha sempre dato forza ma limiti. Ribellione a cui sono stato obbligato dai primi attimi dopo la non voluta (da me) nascita. Caro "uomo "eccoci giunti alla sospirata fine, cari dannati vi lascio. Alla Terra distrutta senza un sano futuro, lascio un mare di debiti, almeno una piccola consolazione, il mondo ha un debito enorme nei miei confronti insieme a tantissimi altri. Ho cercato di contribuire ad uno insperato cambiamento, fallito miseramente. Sono qui che striscio all'altezza dei piedi dei normali, sporco vecchio e malato, striscio e vago portandomi dentro segretamente ancora la rabbia conservata intatta della mia gioventù. Rassegnato sto dentro al ruolo consegnatomi dalla storia. Non ho più nulla, solo questo piccolo carrellino che faticosamente mi segue come un fedele scudiero, lui assiste a tutti i miei attimi giornalieri, partecipa ai miei dolori, mi riporta alla razionalità con delicatezza esattamente come Sancho. Questa mattina non ho molta forza, scende giorno dopo giorno. Avverto senza paura che il dolore avrà il sopravvento sul piacere. Devo far coincidere la fine di questo scritto con la mia fine? Troppo banale, la mia vita non lo è mai stata e proverò ancora ad esserci continuando la mia rappresentazione. Avanti alla prossima! Pensando, come fa piacere a molti, che gli occhi di Edipo pieni di sangue, presto guariranno e ritorneranno ad aprirsi. I bambini sfilano, scontenti davanti a me, le mamme sembrano impegnate più a una passerella di moda che a un dovere quotidiano, tutto sta andando come deve andare. L'obelisco, la colonna della pace (?), vigila e da una sicurezza gratuita, che non vale nulla. La basilica è piazzata li difronte a me, con la sua sfrontatezza e presunzione di essere dalla parte della ragione, ora prende luce dal cielo grigio, cambia tonalità, bella e pomposa come una vecchia signora bugiarda tutta acchittata. Dall'altra parte della piazza un gruppetto di ragazzi africani ascolta musica, la loro, il reggae. In lontananza riconosco il maestro di tutti loro e anche della mia ribellione antica, la leggenda. Volo all'indietro con un salto mortale triplo. La forza che mi ha dato quella musica in passato non è calcolabile. Ora non può essere più veicolo e spinta per un'energia difettosa e sopita da tempo. Però riesce a cambiare il mio stato d'animo, per l'ultimissima scena di questo testo, trasformando questa piazza in un enorme campo profughi del Sudan, della Siria o di qualsiasi altra parte del mondo dove le società occidentali hanno creato solo sfruttamento e guerre imperialiste riducendo in povertà milioni e milioni di umani, in nome della folle civiltà esportata. Io oggi sono diventato uno di loro, e questo mi rassicura, nella mia povertà mi sento unito al resto del mondo che vive in mezzo alle sporcizie morendo di fame. È triste questo epilogo ma doveva finire così, la musica finale è l'amarezza della vita che fa spazio alla triste conclusione. Spero solo di non essere stato insistente, semmai questo tentativo venderà qualche copia, farò come l'illustrissimo "Maestro" nel:

"Un Turco Napoletano":

*"non voglio né onore e titoli, né diventar signore, ma solo di questo pubblico, restare il servitore".*

un grazie
al maestro Raffaele.

INDICE

www.ingramcontent.com/pod-product-compliance
Lightning Source LLC
LaVergne TN
LVHW090512110826
845146LV00003B/820

* 9 7 9 1 2 2 4 3 0 3 0 4 6 *